W9-ABR-729

RELATOS
DE MUJERES

letra grande

Comité de Colección: Antonio Albarrán - Ramón Cañelles - Pilar Fernández - Beatriz Fernández - María Jesús Garrido - Ignacio González - Avelino Hernández - Mercedes Iglesias - Carmen Magariños - Guillermo Martínez - Santiago S. Torrado - Nieves Zuasti.

Selección, introducción y notas de este volumen: **Beatriz Fernández Casasnovas y Mercedes Iglesias Vicente.**

RELATOS DE MUJERES (2)

A. Moix. A. Urretavizcaya. S. Puértolas.
A. G. Morales. C. Riera. P. Cibreiro.

EDITORIAL
POPULAR

SP/
FIC
RELAT

868 03999

El Ministerio de Cultura colabora a la edición de este libro.

Edita: EDITORIAL POPULAR, S.A. Bola, 3.
28013 Madrid. Tel.: 248 27 88.
Cubierta: Marcelo Spotti.
Ilustraciones interior: Marcelo Spotti.
Fotocomposición: CENIT, S.A.
Imprimen: Interior, FARESO. Cubierta: G. LETRA, S.A.
ISBN: 84-86524-73-3
Dep. Legal M-33.398-1988

Presentación

En volúmenes tan breves como el presente, no conviene ocupar demasiado espacio en prólogos. Solamente explicar las razones que nos han llevado a dedicar estos dos volúmenes a relatos de mujeres.

Lo primero, aclarar que el que sea una literatura "de mujeres" es algo accidental como lo es el país, la época, el género, o la corriente literaria a la que pertenece la obra.

Las autoras de estos relatos no imitan el discurso masculino, ni su lenguaje, ni sus historias, ni sus símbolos. Pero tampoco intentan un discurso específico femenino, sino que hacen su propio discurso personal: crean unos mundos, unos personajes, un estilo, que se sitúa entre las infinitas posibilidades que ofrece la literatura.

Muchas de ellas llevan más de treinta años escribiendo y publicando de modo regular. Son maestras en el género del cuento y han expresado su convencimiento de que «a través de él se entra en la narración larga».

Mujeres que, como una de ellas dice, «han aprendido a escribir, ensayando un género que tiene entidad por sí mismo... que requiere una mirada atenta y unos oídos finos»; pero al que además han dotado de un estilo personal y diferente en cada caso, dando como resultado una riqueza narrativa sin precedentes.

Como en el volumen anterior, seleccionar no ha sido tarea fácil. La brevedad del relato ha excluido, de entrada, a muchas autoras. Valga, pues, la «calidad literaria» como criterio unificador de estos dos volúmenes dedicados a escritoras españolas de este siglo.

Este segundo libro reúne los relatos de mujeres que se han incorporado en los diez últimos años al mundo de la literatura.

Cada una de las autoras aporta su tono personal, su toque de distinción y esta variedad oscila desde la aparente sencillez y objetividad, no exenta de ironía y distanciamiento, a una implicación y afectividad que nos permite recrear en nosotros, mundos y ámbitos como los evocados.

La vida cotidiana, las vivencias personales, las épocas pasadas o los mitos tradicionales y populares, gracias a una cuidadosa elaboración, nos devuelven el «placer de leer» en sí mismo y para nada más.

Mercedes Iglesias

Ra, el sol

Ana María Moix

Dicen que cuando Ra, el Sol, abrió los ojos se hizo la luz en el mundo. Pero él sólo vio agua y oscuridad. Nut, la Bóveda Celeste, y Geb, el dios de la Tierra, aún no se habían separado, ni el primer gusano ni el primer reptil habían sido creados, y Ra no halló dónde posarse. Sólo existían las primeras aguas del mundo que, caóticas, deambulaban a oscuras anegando los campos, e inundándolos. Hasta que Ra divisó una piedra en la que se asentó. Debido al calor que desprendía el cuerpo de Ra, el Sol, la piedra fue secándose, creciendo y reblandeciéndose hasta convertirse en una colina, «la maravillosa colina de las edades primitivas», que con el tiempo llegaría a llamarse Egipto.

Sin embargo, Ra comprendió que para dar luz y calor al mundo necesitaba elevarse por encima de él. Pero, alumbrado por su propia luz, vio que por encima del mundo no había nada: el cielo todavía no existía, es decir, Nut, la Bóveda Celeste, seguía, desde siempre, amorosamente acostada sobre el cuerpo de su esposo Geb, el dios de la Tierra.

Ra, el Sol, iba secando la tierra desde la pequeña colina donde se había posado, pero tan lentamente y con tanto esfuerzo realizaba su trabajo que a punto estuvo de volver a cerrar los ojos y renunciar a su empresa. Si no lograba separar a Nut, la Bóveda Celeste, de su esposo Geb, de modo que la Bóveda Celeste se elevara, y lo arrastrara a él consigo en su ascensión y le permitiera así proyectar sus rayos desde arriba, él nunca podría dar vida.

Ra proyectaba ardientes rayos, con todas sus fuerzas, contra Nut y Geb, en un desesperado intento para desunirlos. Pero parecía como si Nut, la Bóveda Celeste, al calor del Sol, se adormeciera todavía más sobre su esposo Geb, que ante la hasta aquel momento desconocida sensación de calor iba adquiriendo un cuerpo más compacto y de diversos colores. En su inconmensurable masa rojiza comenzaban a aparecer lagunas verdes: la hierba empezaba a crecer sobre la tierra. Pero Nut y Geb se abrazaban cada vez con más fuerza, pues cada uno creía que aquel cálido bienestar provenía del otro, y viceversa; mientras la verdadera razón de aquel calor, el Sol, se sentía más y más impotente y burlado.

Entretanto, alguien acudió en su ayuda: Shu, el Aire, que existía desde siempre en ningún lugar, puesto que no lo necesita ya que no lo ocupa. Pero Shu se hallaba hasta entonces condenado a la inmovilidad, pues antes de que Ra, el Sol, abriera los ojos, no tenía luz para ver hacia dónde debía soplar.

Shu, el Aire, fue al encuentro de la causa productora de aquella luz que le había permitido ver para luego moverse. Tan ansioso estaba por estrenarse que, contento y agitado, se lanzaba contra las aguas formando grandes remolinos, y para poner a prueba su potencia se arrojaba contra la tierra, por lo cual llegó un tanto magullado ante Ra, el Sol.

Enfurecido y rojo de ira estaba Ra, cuando Shu lo encontró. Tan enfurecido y rojo que los rayos que emitía a punto estuvieron de quemar a Geb, el dios de la Tierra, para siempre.

—Es preciso que los separe —explicó Ra a Shu, el Aire, ante los reproches de éste—. Si permanezco durante demasiado tiempo aquí, en esta colina, el disco que soy se helará, quedará duro como una piedra, de mis ojos no surgirá luz ni calor, todo volverá a quedar a oscuras, la tierra no acabará de secarse nunca, tú volverás a quedarte inmóvil... Es preciso que la Bóveda Celeste esté donde debe estar, por encima de su esposo, y que yo ascienda con ella.

Ra, el Sol, lloraba de rabia y desconsuelo, y de los ojos del disco solar manaban abejas y otros insectos de oro, las lágrimas del Sol, que se paseaban por el cuerpo de Shu, el Aire, pues sólo en él podían volar.

Shu, molesto y quejoso por las picaduras de los insectos, gritaba: «¡Deja ya de llorar, tus lágrimas pican!», y para librarse de las abejas empezó a mover brazos y piernas con tal violencia y fuerza que, con sus rápidos movimientos, creó los vientos.

Ante la amenaza de que Ra cerrara de nuevo los ojos si carecía de cielo donde elevarse, y de que continuara llorando abejas, Shu decidió separar a Nut, la Bóveda Celeste, y a Geb, el dios de la Tierra, interponiendo entre ellos su propio cuerpo. Se tendió cuan largo era sobre el mundo, después se contrajo y empezó a dar vueltas y más vueltas sobre sí mismo, produciendo tal remolino de vientos que incluso Ra, el Sol, parpadeó y la luz tembló. Tan fuerte soplaba Shu, el Aire, que las aguas huyeron, aterrorizadas, de la tierra: Geb apareció en toda su extensión y, tendida sobre él, Nut, la Bóveda Celeste. Tan abrazados que nada capaz de desunirlos cabía entre ellos, sólo eso: nada, o nada como nada: el Aire. Y Shu se introdujo entre el cuerpo de Geb y el de Nut. Primero se infiltró despacio, como si hubiera adelgazado al máximo, y una vez todo él entre cielo y tierra, se levantó. En pie sobre Geb, cogió a Nut en brazos y la alzó hacia lo alto, lo más alto que existe. Y así se creó la Bóveda Celeste, y Shu habita desde entonces entre la Bóveda Celeste y el dios de la Tierra, separándolos; los pies firmes sobre Geb y sosteniendo a Nut con sus potentes brazos, para que no vuelvan a unirse.

La luz y calor, enviados por Ra desde el cielo, empezaron a secar la tierra, y en el fango originario aparecieron cuatro parejas de animales (ranas las hembras y serpientes los machos) de las que nacieron todas las especies animales que en el mundo han sido.

Pero Geb, el dios de la Tierra, al verse separado para siempre de su esposa Nut, cayó presa de un invencible dolor. Tan honda era su pena que se vio sacudido por las convulsiones de un incontenible llanto, y tan violentas eran las convulsiones que lo agitaban que acabaron por producir en su cuerpo las elevaciones y sinuosidades que todavía hoy podemos observar en la corteza terrestre. El dolor y la tristeza abrieron grietas en su cuerpo, y dicen que de ellas surgieron las montañas más altas de la tierra, como si a Geb le hubieran crecido largos dedos, desde lo más profundo de su ser, y los alzara para intentar rozar el cuerpo de su esposa, la Bóveda Celeste. También dicen que, desde entonces, sus lamentos se oyen día y noche, y basta con acercar el oído a la tierra para escucharlos.

Sin embargo, Ra, antes de abandonar definitivamente la tierra y ocupar su lugar en la Bóveda Celeste, quiso consolar a Geb por haberle separado de su esposa: le confió el gobierno del mundo terrestre y lo recompensó con el mayor don que pueda recibir la tierra: un caudaloso río, que con el tiempo se llamaría Nilo, que con sus fértiles aguas regaría el cuerpo de Geb, haciéndolo florecer y convirtiéndolo en la base alimenticia de los animales y plantas que habitaran en él.

Lo mismo hizo Ra con Nut, la Bóveda Celeste, a quien confió el gobierno de todo el cielo y a quien permitió que, en su ascensión, se llevara consigo a muchos de los hijos que tuvieron la diosa y su esposo Geb durante los miles y miles de años que vivieron juntos. Nut transformó a sus hijos (las fuerzas del bien) en estrellas, para que, durante la noche, resplandecieran en el cielo y enviaran un poco de luz a su padre y el mundo no quedara totalmente a oscuras.

Desde entonces, desde el momento de su ascensión, Ra recorre diariamente el cuerpo de Nut, la Bóveda Celeste, en una nave de oro. Al surgir Ra en el horizonte, cada mañana, la Estrella Matutina, cuya aparición en el cielo anuncia el nacimiento del alba, cumple con su tarea de lavarle la cara, ofrecerle comida para el viaje que durará hasta el anochecer y frotar con su propia luz la nave de oro para que su resplandor pueda ser divisado desde cualquier punto de la tierra y todos, animales, hombres y plantas, saluden a Ra a su paso por el cielo.

Sentado junto a Ra, viajaba Thot, un pájaro ibis, dios de la Sabiduría, blanco, excepto el plumaje de cuello, cabeza, cola y extremidades de las alas, que es negro. El largo pico encorvado y la seriedad de sus funciones (era el escriba de los dioses) le daban un aspecto grave y concentrado, y, siempre junto a Ra, tomaba nota de las órdenes del Sol. Al lado de Thot, en la nave solar, se posaba Maat, el Buitre, dios de la Verdad, el Orden y la Justicia, que aconsejaba a Ra en sus decisiones.

Alrededor del disco solar, se enroscaba la serpiente Ureo, que con su hálito de fuego aniquilaba a los enemigos del Sol, pues, cuando despertaron a la vida las fuerzas del bien, también lo hicieron elementos que encarnaban las del mal, gobernados por la execrable serpiente Apopis. De piel resbaladiza, hecha del hielo negro del caos y de los abismos, habitaba en las profundidades de las aguas primitivas y reinaba sobre el frío y las tinieblas. Desde que Ra, el Sol, abrió los ojos, Apopis trataba de devorarlo por haber creado la luz y la vida, pues su interminable cuerpo de hielo negro se deshacía con el calor, y sus ojos rojos sólo veían en la oscuridad. Muchas veces se enfrentó Apopis, la Serpiente del Mal, con Ra. Para ello se escondía en un gran río que hay en el cielo, desde donde llueve sobre la tierra, y aguardaba el paso de la nave solar para devorarla. A veces lo consigue: dicen que cuando se produce un eclipse de sol es porque Apopis ha abordado la nave real y ha logrado engullirla (por eso el Sol desaparece del firmamento), pero por poco tiempo, pues Ureo, la Serpiente del Bien, protectora de Ra y enemiga del Mal, la persigue sin descanso, arrojando sobre ella llamas de fuego, hasta que la obliga a vomitar la nave divina, y arroja a Apopis de nuevo a los abismos.

Y así, la nave del Sol prosigue su recorrido de doce horas por el cuerpo de Nut, la Bóveda Celeste, desde donde, con su mirada, envía el día sobre todo el universo. Llega a los confines del mundo, donde es acogido por la diosa de la Noche, quien lo invita a abandonar la nave del día para subir a su barca, hecha de luna, paz y silencio, y emprender, juntos, un viaje nocturno a través del azul y reparador Reino del Sueño, en brazos de cuya diosa, Ra cierra los ojos y la noche se hace en el universo.

ANA MARÍA MOIX Nace en 1947 en Barcelona, donde estudia Filosofía y Letras. Obras suyas son «Balada del dulce Jim», «Julia», «Ese chico pelirrojo al que veo cada día», «Walter, ¿por qué te fuiste?», «María Girona: una pintura en llibertat»... Ha colaborado en revistas y publicaciones de Madrid y Barcelona.
«Ra, el sol» pertenece a *La maravillosa colina de las Edades Primitivas,* Ed. Lumen, Barcelona.

CASA DE MUJERES

Arantxa Urretavizcaya

Al principio sólo vivía en casa de Pili a temporadas. Entre tío y tío, mayormente. Luego, esas temporadas fueron haciéndose más largas y frecuentes, hasta que se convirtieron en lo normal. Yo vivía en casa de Pili, en esa cama plegable junto a la suya, al principio montada y desmontada cada día y luego fija.

Los últimos meses Pili me despertaba casi cada madrugada, fija como un despertador, entre cuatro y media y cinco. Tanto, que ahora sigo despertándome a esa hora, aunque ella no esté. Pienso que a su madre le ocurrirá lo mismo, y cuando abro los ojos y veo la cama de al lado vacía, me la imagino despierta en el cuarto del patio, con los ojos abiertos y secos, negros, negrísimos. Los de Pili, claros y rasgados, los heredó, por lo visto, de su padre, del hombre que nunca existió.

Esta es una casa de mujeres, muchas mujeres de todas las edades. La abuela, que aún echa una mano; la madre, que gana el único dinero fijo de la casa limpiando unas oficinas de siete a una, por la noche; la marquesa, la hermana mayor y hasta la niña que tienen recogida, que es hija de Chusa y mi ex marido.

Las jóvenes de la casa, Pili, la marquesa y yo, por supuesto, no vivíamos sin hombres. A estas alturas, ninguna de las tres tenía uno fijo, ni tan siquiera historias fuertes, aunque cortas. Eso se acabó. Pero ligábamos de vez en cuando, de Pascuas a Ramos. Eso sí, nos lo hacíamos siempre fuera de casa. Y no es que fuera a parecerle mal a la madre o algo así. Simplemente, no nos parecía oportuno o cómodo traer hombres a casa.

O sea, que por lo menos desde hace tres años yo vivo en una casa de mujeres y mucha televisión. A pesar de que el dinero es siempre escaso, hay en la casa dos televisores y uno pequeñito portátil, que suele estar encendido en la cocina. A mí me gusta pensar que en esta casa las emociones más fuertes llegan a través del televisor, que fuera de la pantalla todo es tranquilidad y rutina, mucha rutina. Si nos perdemos, me dijo Pili una vez, cuando empezábamos a ser amigas, ven a la hora de *Falcon Crest*, siempre me encontrarás en casa a esa hora. Le encantaba.

Por encima o por debajo de la rutina están los sustos, casi siempre de la mano de Pili, pero también a veces traídos por la marquesa. Pero la vida de esta especie de familia se parece a un tranquilo ronroneo, que incluye montones de llamadas telefónicas, para la marquesa o para Pili.

Cuando no suena la tele, hay música de los Chunguitos. A veces, unos casetes de música árabe que tiene la marquesa y que suenan un poco perezosos, como si subieran hacia el cielo arrastrándose por las fachadas de los edificios. El marido de la mejor amiga de la marquesa es moro y un día nos tradujo alguna canción. Hablaba de caballos, mares y amor, pero a mí me pareció que no tenía sentido y no recuerdo ya nada. Pero me gusta estar tumbada sobre la cama plegable, con un *porro* en las manos y que suenen los moros, sabiendo que nadie me va a interrumpir. Si es verano, esa música me refresca, y si es invierno, me hace sentir el calorcito del sol, somo si los moros del casete cantaran apoyados en una pared que hubiese ido calentándose poco a poco.

Por las noches, antes de tumbarnos en la çama, Pili y yo hacíamos largos preparativos. Poníamos la radio, y ella cambiaba de emisora cuando no le gustaba lo que sonaba. Era estupendo. Cerrábamos la puerta y preparábamos todo siempre de la misma manera, con los mismos movimientos. Su madre no había vuelto aún del trabajo, la marquesa se acostaba siempre antes que nosotras y la abuela dormía, como si acabara de meterse medio gramo.

A veces yo pasaba la noche fuera. No ocurría con mucha frecuencia, pero sí de vez en cuando. Como el día de lo de Pili, por ejemplo, que me pescó durmiendo con un tío del que no recuerdo ni el nombre. La madre me lo contó todo a la mañana siguiente, cuando todo había terminado.

Como cada noche, lo primero que hizo al llegar a casa fue mirar cómo estaban sus hijas. Encendía la luz del pasillo, pero no la de los dormitorios, por no molestar. Pili no le contestó y entonces ella avanzó hasta la cama. Le cogió una mano y le preguntó si necesitaba ayuda. Pili respondió que no. La madre se acostó y volvió a levantarse dos horas después. Pili seguía respirando con dificultad. Repitió su pregunta y Pili su respuesta. A las cuatro y media se levantó por tercera vez, la vencida, y le preguntó si quería una ambulancia. Pili hizo que sí con la cabeza.

Había pasado lo que nos anunciaron tres meses antes y que a todas, menos a ella misma, nos ponía un nudo en la garganta. Ella siguió como si nada, comprando su muerte a precio de oro cada día, como venía haciendo desde los diecisiete años. No es que no se lo creyera, pero no pensaba en ello porque decía que era una tontería preocuparse por cosas que no tienen remedio.

Se la llevaron al hospital, la llenaron de tubos y murió al amanecer, así como estaba de maquillada, que la víspera parecía que fuera a ligar, de reguapa que se puso. Siempre lo fue, aunque los últimos meses se había estropeado. Tenía unos ojos preciosos, pero al final, si no se los maquillaba, parecían saltones, a punto de invadir toda la cara.

A veces, al principio sobre todo, discutíamos. Bueno, no en el sentido de reñir, sino en el de intentar convencer a la otra. Más yo que Pili, porque ella creía en que cada uno de nosotros tiene marcado un destino que nunca podrá eludir. O sea, que para qué gastar energías.

Seguramente yo tenía razón, porque sigo viviendo y ella no. Pero no creo que eso pruebe nada.

El *caballo* es la muerte a plazo fijo. Sólo los muy fuertes pueden controlarlo, hasta que también ellos dejan de poder.

Pili ni lo intentaba. No hacía planes de futuro, pero vivía feliz en su presente lleno de costumbres, casi manías. Sólo temía al *mono* y tenía razón, porque, con todo lo que ella se ponía, el *mono* tenía que haber sido importante. También en eso tuvo suerte. Hasta el final nunca le faltó lo necesario para un *chute*.

La madre sabía que Pili no era lo suficientemente fuerte, que se estaba metiendo en un mundo del que nunca podría salir. Lo supo desde que perdió la vista del ojo derecho por *las cándidas*. Pero no hizo nada por intentar convencer a Pili de que diera marcha atrás. Le ayudó en todo lo que pudo, buscó dinero, la cuidó, pero lo del ojo no tuvo vuelta atrás. Pili nunca hablaba de ello, y nosotras casi lo olvidamos, como casi habíamos olvidado que sólo tres meses antes un médico legal, no uno de esos chorizos sermoneros, le había dicho que para ella había llegado el momento de parar.

Pero ella no quería ni pensar en eso. Por las noches nos encerrábamos en la habitación y nos sentíamos felices. Ella se tomaba un Rophinol y se preparaba un *chute*. Yo, mientras, liaba un *porro*. Luego nos tumbábamos. En pocos minutos el *porro* se le atascaba y yo me liaba otro. Fumábamos en silencio, cada una en su cama. Yo le advertía de vez en cuando que tuviera cuidado, porque se iba a quemar, y ella siempre decía que no. Sin embargo, tenía la ropa llena de agujeritos redondos y el embozo de las sábanas parecía un colador. A veces se quemaba hasta la piel, y por eso tenía el escote lleno de costras. Porque a veces no se daba cuenta de que se quemaba con la pastilla, el *chute* y el *canuto,* ni se enteraba. Otras, sí; gritaba de pronto y yo le decía siempre, ya te lo decía yo.

A mí nunca me pasa eso. El *chocolate* entra despacito, no de golpe y avasallando como el *caballo.* El mundo se te hace de algodón, no tiene aristas y tampoco es pura nube como con el *caballo*. Lo suficiente.

Además de que es infinitamente más barato, nunca te pasas. A partir de un momento, da igual lo que te fumes, porque ya no te hace efecto. Tienes que parar unas horas si quieres volverlo a notar. O sea, que el *chocolate* no sólo no hace daño, sino que se regula solo.

Pero para Pili no era suficiente. Nada era suficiente, y por eso me despertaba cada madrugada, temblando, prepárame algo, anda, que yo estoy muy mal.

Yo se lo preparaba lo más deprisa que podía y se lo ponía con bastante rapidez, porque, aunque no con mis brazos, he practicado mucho con los de otros. Nos dormíamos otra vez y vuelta a empezar, hasta que aquella madrugada, en el hospital, se acabó todo.

Tu madre me dijo que no habló nada, que no parecía darse cuenta de lo que hacían con ella. La llenaron de tubos y sondas, pero le dijeron que no había muchas esperanzas. En realidad no había ninguna. Pili se apagó dejándonos a oscuras. Porque ella era como el alma de la casa, su alegría. La marquesa es una siniestra, la niña está todavía bastante asustada, como si su madre apareciera y pudiera volvérsela a llevar en cualquier momento, y la madre, que adoraba a Pili, como todas nosotras, y hubiera hecho por ella lo que fuera.

Yo sigo viviendo y he decidido incluso cuidarme un poquito. No quiero decir dejar de fumar, porque entonces la vida sería insoportable, pero sí rebajar las dosis; no sé, hacerme menos canutos y a horas fijas, o algo así.

Tampoco es bueno dejarlo de golpe y porrazo, porque el shock es enorme. Todo el mundo sabe que es mejor desmarcarse poco a poco, como quien no quiere la cosa. Igual dentro de unos meses, cuando el recuerdo de Pili haya dejado ya de ser doloroso, fume sólo tres, mañana, mediodía y noche.

La semana pasada, sin ir más lejos, llegué a casa y le dije a la madre de Pili que necesitaba una semana de cura, de descanso. Ella, la televisión y la niña me ayudaron, e incluso me ayudó la cama vacía de Pili. La marquesa va siempre por libre, no se puede contar con ella. Pero la madre es infalible. Siempre que la necesitas está.

Pili me dijo una vez que en realidad yo vivía con ellas por la madre, porque con la mía no se puede contar para nada. Creo que ya ni la recuerdo, como si se hubiese muerto hace años, incluso cuando yo era niña.

Sin embargo, la madre de Pili es lo más parecido a un ángel, y no sólo porque nos ayuda sin rechistar, sin que se lo pidamos, sino porque lo hace sin desvelar sus sentimientos. Quiero decir que cuando abre la puerta cada noche para ver cómo estoy, si duermo o no, siento el cariño que me regala, pero no puedo notar, ni por asomo, lo que le está pasando a ella, como si todo eso fueran lujos que a ella no le tocan.

Nada era suficiente para Pili, y todo lo es para su madre. Seguro que piensa en Pili a todas horas, seguro que lo hacemos todas, aunque no hablemos de ella. Nos sentamos en el salón, abuela, madre, hija y recogidas, y miramos todas la tele, acordándonos de Pili, para que el tiempo que nos está reservado a cada una de nosotras se vaya acabando como sin sentir, dulcemente.

© Arantxa Urretavizcaya

ARANTXA URRETAVIZCAYA. (San Sebastián, 1947), historiadora, periodista y guionista, es miembro de la Academia de Lengua Vasca. Ha publicado poesía («Consecuencias de una víspera de San Pedro», Ed. Hordago, y «En el regazo del amor», Caja de Ahorros Provincial de Guipúzcoa), novela corta («Por qué, cariño», Hordago Edit.), relatos («Porque hace mucho tiempo que te espero», Erein Edit.), y novela («Saturno», Erein Edit.). El relato aquí seleccionado fue publicado en la revista CAMBIO 16.

Contra Fortinelli

Soledad Puértolas

El señor Fortinelli, detrás de la amplia mesa de su despacho, cruzó los brazos. A la pregunta de la señora Empson, dijo pausadamente:

—No, señora, su hijo no tiene ningún problema.

La joven señora Empson se llevó la mano al sombrero y cruzó las piernas para mirarse el pie. Después, se levantó. El rector la acompañó hasta la puerta. La despidió educadamente, pero algo seco.

—Ningún problema —repitió, con una leve sonrisa.

Ella salió al exterior. Había habido algo durante toda la entrevista que le desconcertaba. En primer lugar, a pesar de que el día estaba nublado y el despacho del rector se sumergía en la penumbra, no se habían encendido las lámparas. Y mucho más extraño había sido el contenido de la entrevista. Desde que había recibido la tarjeta de invitación se había sentido inquieta. «Deseo cambiar impresiones con usted acerca del comportamiento de su hijo», eran las palabras escritas en la tarjeta. Eso parecía algo natural, pero hasta el momento nadie se había referido al pequeño John como si fuese hijo suyo y menos por escrito. A ella nunca le había preocupado eso. John no era su hijo, pero, ciertamente, ella debía de cumplir el papel de madre. El señor Fortinelli le había hecho pensar que tenía algo importante que comunicarle y, una vez allí, una vez acomodada en aquella habitación que él había tenido la indelicadeza de no iluminar, le había dedicado una mirada de indiferencia y después le había obsequiado con genéricas frases sobre el sistema educativo que parecían presuponer que el nivel mental de la señora Empson era inferior al del más testarudo alumno. Había sido ella quien, al término, había tenido que preguntar por John. Y allí estaba la respuesta: ningún problema.

Ya en su casa, la joven señora arrojó su sombrero sobre la cama y después se arrojó ella también. No le molestaba el tiempo perdido, porque carecía de esa consciencia, tal vez porque no había recibido una esmerada educación, pero se sentía inequívocamente insultada.

Era una joven bastante agraciada. Hacía escaso tiempo había contraído matrimonio con un rico y viudo aristócrata del lugar. Rosalyn, antes de conocer a su actual esposo, había intentado ser actriz y casi lo estaba consiguiendo. Había participado en dos películas de cierto éxito pero, de la noche a la mañana, cambió su vida de relativa bohemia y precariedad económica por el de la sólida riqueza y se convirtió, ante el asombro general, en la llamativa señora Empson. Esa había sido su carrera. No estaba mal. Si de lo que se trataba era de casarse, Rosalyn había llegado a la cúspide. Y a lo mejor se trataba de eso. La boda de Rosalyn fue la prueba de que en este mundo una cara bonita vale más que una inteligencia prodigiosa. Rosalyn no se había ocupado de demostrar su inteligencia a nadie, de forma que sobre su inteligencia no hay mucho que opinar, lo que es una ventaja para este relato.

Aquella mañana, de vuelta de la oscura entrevista, con el ceño fruncido, tendida sobre la cama, Rosalyn sintió una cosa, una única cosa. Odiaba a Fortinelli.

A la hora de la cena, el asunto salió a la luz.

—Rosalyn —dijo el pequeño John, que llamaba

así a su madrastra, porque ella se lo había pedido en privado—, me ha dicho el señor Fortinelli que has estado esta mañana en el colegio.

—Así es —repuso Rosalyn, con solemnidad.

El señor Empson se vio en la obligación de intervenir. Evitó mirar a su nueva esposa y a su pequeño hijo y dijo al fin, después de prolongar la pausa con un silencio que, estaba claro, lo marcaba él:

—¿Cuál fue el objeto de tu visita, querida?

—El rector me envió una nota —comunicó Rosalyn—. Una nota manuscrita —añadió, como si se tratase de algo insólito y precioso, porque acababa de leer esa palabra en alguna parte y le había gustado y quería que los demás se deleitasen con ella—. Quería cambiar impresiones conmigo.

Cualquiera que fuese el defecto principal de la joven señora no era, desde luego, su lenguaje. Aunque ligeramente forzado, era correctísimo. Su vocabulario estaba siempre en proceso de crecimiento y su sintaxis llevaba camino de ser impecable. A decir verdad, esos eran vicios de la segunda actriz que ya había llegado a ser. Deseaba aprenderse su papel cuanto antes y siempre había creído que el secreto residía en el diálogo. Su marido siguió el curso de aquella respuesta atento y aprobatorio, como si fuera su profesor de idiomas.

—¿Y? —inquirió después, como lo haría cualquier impertinente profesor.

—Nada —concluyó Rosalyn en un tono natural—. Todo va perfectamente.

—Entonces para qué quería hablar contigo —insistió su marido.

Eso era algo que en ese momento la joven señora no estaba en condiciones de contestar.

—Pues para decirme eso. Yo lo encuentro lógico —dijo.

—Te lo podía haber dicho por carta. No sé para qué te ha tenido que molestar.

—Tal vez el señor Fortinelli deseaba conocer a Rosalyn —terció el pequeño John.

Su padre y su madrastra lo miraron asombrados. Por tres razones. Primero: porque tenía razón. Segundo, porque de su tono se infería que el deseo de conocer a Rosalyn era perfectamente natural, lo que cabía esperar de las personas. Y tercero, porque su intervención había sido espontánea y era demasiado pequeño para participar en una conversación de mayores. Su padre no le amonestó. Agudizó su voz para dar a entender que sus palabras eran ya las últimas que se iban a pronunciar sobre el caso. Dijo:

—Si quería conocerte debía haber venido personalmente a hacerlo. Eso es lo correcto.

Este es el punto de ofrecer una breve información sobre el señor Fortinelli, muy breve, la imprescindible. Charles Fortinelli era hijo único de una viuda de guerra. Todo el pueblo había participado en su educación y Charles había devuelto con creces la ayuda recibida y justificado la fe en él depositada. No sólo había destacado en los estudios, sino que se había convertido en el rector del Colegio Padley, el más afamado de los alrededores. Era un hombre de aspecto distinguido y soberbiamente culto. Era una de las máximas personalidades del pueblo. Todavía vivía con su madre y casi todas las jóvenes del lugar acariciaban durante algún tiempo la esperanza de sacarlo de la casa materna.

Después del incidente de la entrevista, la señora Empson no pensó en Fortinelli de una forma consciente. Era bastante feliz. Su marido disfrutaba observando su aprendizaje y el pequeño John era un muchacho fácil, independiente, a quien no había que dar mucho afecto ni prestar demasiada atención. No había problemas en su vida.

Había llegado el verano y el curso escolar terminaba. Como siempre, se celebraba una fiesta de fin de curso y John pidió a su madrastra que asistiera. Las salidas oficiales de la familia Empson todavía constituían pequeños acontecimientos en el pueblo. Rosalyn sabía comportarse. Saludaba a los profesores, apoyándose levemente en el brazo de su marido, y curvaba los labios con una sonrisa cortés y vaga. En el jardín se había improvisado un pic-nic*. Se habían sacado las mesas del comedor y se habían cubierto con grandes manteles blancos. Las profesoras habían traído tartas hechas en sus casas y grandes jarras de limonada. Era un día de verano, limpio, todavía no muy caluroso. Las gasas de las señoras flotaban en el aire y Rosalyn, en su calidad de ex actriz, era observada con envidia. Ciertamente, es el pasado lo que hace que el interés o la curiosidad se centre sobre las mujeres. Sólo un presente misterioso puede, en ocasiones, sustituir el vacío de un nítido pasado. Las mujeres que poseen cartas ocultas, ésas son las que nos atraen.

Rosalyn habló poco, porque sabía que en tales reuniones conviene dar una imagen de cierto retraimiento. Frases convencionales, sin entrar nunca en temas trascendentes. Sus familiares la habían dejado momentáneamente y ella seguía con su rostro sonriente cuando se topó con Fortinelli. Llevó su mano al sombrero y saludó mecánicamente al hombre elegante y atractivo que se acercaba hacia ella, hasta que comprendió que era el mismo que la había examinado con indiferencia en la penumbra del despacho del colegio. Entonces casi dio un salto.

—No le había reconocido —dijo, para justificar su actitud.

—No soy el diablo, señora Empson —replicó Fortinelli, divertido.

---

* *Pic-nic:* Comida campestre

Y se quedó allí plantado, entre el sol y su sombrero. No le obsequió con un grave discurso aquella vez. Le contó cosas amenas, anécdotas, aunque Rosalyn no le escuchaba. Sólo percibía el tono de su voz, sinuoso, denso. Peor: perverso. Era el diablo. Rosalyn lo sabía. Estaba allí, de espaldas a todo el mundo, apartándola de la fiesta, Dios sabe con qué intención. Sintió un leve mareo y buscó a su marido con la mirada. Elevó su mano enguantada y le hizo una seña. Pero su marido, al otro extremo del jardín, devolvió la señal en un gesto que decía: «Estás allí, estoy aquí, todo está bien.» Su mano descendió, decepcionada.

—Se diría que pedía usted ayuda, señora Empson —observó Fortinelli.

Rosalyn dio un traspiés y estuvo a punto de perder el equilibrio, y hubiera dado con su cuerpo en el césped si el rector no se hubiera inclinado hacia ella para sostenerla entre sus brazos. Rosalyn no se cayó, desde luego, pero había sentido muy cerca la agitada respiración de Fortineli y se separó de él apresuradamente.

—Señora Empson —dijo él a sus espaldas—. ¿Desea algo? ¿Algo que pueda hacer por usted?

Rosalyn le devolvió una mirada de horror, negando con la cabeza. Después, trató de recuperar la dignidad que la situación requería y se reunió con su marido, en cuyo brazo se apoyó calladamente. El, al cabo de unos segundos, acarició la mano enguantada de su esposa, le dirigió una breve mirada inquisitiva y prosiguió la conversación. Pero Rosalyn estaba nerviosa. En el viaje de regreso, a solas con su marido y su hijastro, dijo:

—El señor Fortinelli no me parece una persona muy de fiar.

Palabras que, para su asombro, cayeron en el vacío. El niño ni las escuchó. Iba pensando en sus cosas, mirando el campo. Tenía frente a sí las vacaciones, una época de incertidumbre deseada y vagamente temida al tiempo. Pero era muy raro que el señor Empson no hubiese escuchado la observación de su esposa, porque ella había hablado en el mismo momento en que él se inclinó, mirándola, como preguntándole: «Y bien, ¿qué era lo que deseabas decirme?». Ahora miraba hacia adelante, como si hubiera sido atrapado por una idea que no pensaba compartir. Resignada, Rosalyn no insistió. Algo en su interior le decía que de Fortinelli era mejor no hablar, y recordó vagamente consejos escuchados en la infancia acerca de las cosas que las mujeres debían callar. A un marido no se le podía decir todo.

Rosalyn guardó en su interior las últimas palabras de Fortinelli. La humillación de aquel instante no podía ser olvidada. Aquel hombre la trataba como a una mujerzuela, pero ella era la señora Empson y tenía muy buenas razones para no amargarse la vida.

Pero, fuese por azar o por la misma voluntad de Fortinelli, el caso es que se produjo un nuevo encuentro. Caía la tarde, el aire cálido flotaba entre los árboles y Rosalyn avanzaba por el bosquecillo que bordeaba el río. Había estado de visita en casa de los Moore, cuya hija menor se casaba. Habían tomado el té en el porche después de contemplar los regalos y discutir cuáles merecería la pena transportar hasta la India, concluyendo, dolorosamente, que lo más conveniente sería embalar la mayor parte y aguardar al regreso. La pequeña hija de los Moore hablaba del destino de su futuro esposo con expectación. Le excitaba la idea de salir de su hogar y de alejarse tanto de él. Rosalyn, camino de su casa, pensaba en la India. Si hubiera seguido su carrera de actriz era muy probable que ella también hubiera llegado a conocer la India, pues había un proyecto de una película que iba a realizarse allí. Rosalyn sonreía, imaginándose, ricamente ataviada, sobre los anchos lomos de un magnífico elefante a punto de llegar a un caudaloso río en el que iba a bañarse.

—¡Señora Empson! —dijo una voz a su lado.

Ella se detuvo, todavía con la ilusión en su rostro. Pero aquella voz correspondía al mismísimo Fortinelli que, con un libro en las manos, parecía que se acabar de levantar del suelo donde, según explicaba, llevaba algún rato dedicado a la lectura.

—¿Va a su casa? —preguntó.

Rosalyn asintió. Pero ni pudo hablar ni pudo moverse. Miraba a Fortinelli con terror, mientras él se aproximaba. Una vez más, se llevó la mano a la cabeza, sintió que se iba a marear y cerró los ojos. Hasta que comprendió que no se había mareado, que su cuerpo no se había caído al suelo. Pero ya Fortinelli, aprovechando aquellos instantes de debilidad, la había rodeado entre sus brazos y comenzaba a estrecharla. Rosalyn forcejeó, empujó a Fortinelli hacia atrás y echó a correr, pero se enredó con la falda de su vestido y cayó al suelo y Fortinelli se abalanzó sobre ella.

—¡Puta! —gritó, exasperado— ¿Por qué me buscas, qué te has creído?

Fue una suerte para Rosalyn que él prefiriera insultarla. Ella concentró sus fuerzas en la evasión. Fortinelli gritó, pegó, sacó de sí su ira, pero no consiguió nada más. Rosalyn escapó y, lo que no sabía Fortinelli entonces, llevándose algo muy preciso: la huella de su mano en mitad de la mejilla.

Cuando Rosalyn llegó a su casa, empezaba a anochecer. Llegó despeinada, magullada y silenciosa, pero decidida. Acusó a Fortinelli de intento de violación. Su marido se levantó, la examinó, vio —él fue quien lo descubrió— la huella de una mano sobre la fresca mejilla de su joven esposa y, tan silencioso como ella, la tomó del brazo y se encaminaron a casa del juez. El juez hizo casi lo mismo que el marido. Con expresión taciturna y concentrada, todos aguardaron la llegada de la comadrona. No se había consumado la violación, lo que confirmó la sinceridad de Rosalyn. Fortinelli fue detenido, una vez comprobada que su mano encajaba perfectamente en la huella que marcaba la cara de Rosalyn, y el asunto se llevó a juicio.

La ciudad estaba alborotada. Casi todos estaban de parte de Fortinelli, porque el pasado de la señora Empson resultaba intolerable para la rutina de la pequeña villa y porque Fortinelli les pertenecía casi desde que nació y había que defenderlo como cosa propia. Pero había algo ante lo que no se podía cerrar los ojos: la espléndida bofetada que su protegido había propinado a la ex actriz. Todavía tenía el rostro amoratado el día del juicio e impresionó al Jurado. Fortinelli nunca pudo recordar el momento en que tal fuerza hubiera salido de su mano. La joven señora, con la huella de su ignominia a la vista de todos, aparecía dignificada a los ojos del pueblo. Difícil era el papel del aristócrata. Al fin y al cabo, no era él quien había defendido su honor, sino su misma esposa, más joven, más bella y más fuerte que él. Cayó sobre él el desprecio de las gentes, pero no hay nada que afirme más en su nobleza a un aristócrata inglés que el desprecio del populacho. Es cuando representa su papel más en serio.

En conclusión: Fortinelli, por aquel acto no consumado del deseo, fue condenado a doce años de reclusión, después de aceptar que su mente se había enturbiado a causa del calor y la belleza. No había sido dueño de su voluntad. Tuvo suerte. Dos cambios de gobierno y la muerte del Arzobispo de Canterbury le supusieron tres amnistías. Salió de la cárcel tres años después del veredicto.

Pero la historia no termina aquí. Rosalyn, cuando la huella de su bofetada se borró, se dedicó a representar el papel de la dignidad ofendida. Vestida de oscuro, saludaba con gesto indiferente y majestuoso a los habitantes del pueblo. Tuvo dos hijos, que jugaban en el parque privado que rodeaba la casa. En suma, no se mezcló. Altiva y hermosa, dio la medida de la perfecta actriz secundaria a quien han ofrecido al fin la oportunidad de su carrera. Y aún le quedaba el mejor acto.

Fue en mitad de la calle, a la salida de la Iglesia. Fortinelli había cumplido su condena y, quien sabe por qué oscuras razones, se le ocurrió regresar. No era un encuentro casual. Esta vez lo había preparado Rosalyn. Se escuchó un murmullo en la plaza y Fortinelli vio que sus amigos se retiraban hacia atrás. Hacia él avanzaba la mujer que le había privado de tres años de su vida sin darle nada. La mujer que había destrozado su carrera. Sin embargo, la miró algo embelesado, porque era ahora mucho más hermosa que antes. Avanzó y avanzó, sin mover un solo músculo de su cara y cuando, ya muy cerca de él, se detuvo y él, enmudecido, se preguntaba qué frase iba a escuchar de sus labios, vio, como un relámpago, que la pierna de ella se levantaba y un agudo dolor le hizo doblarse sobre su cuerpo. Perdió el conocimiento y cayó al suelo. Con una simple, pero certera y contundente patada, la señora Empson logró que el distinguido y tan estimado Fortinelli se derrumbara en femenil desmayo. Aquella soberbia patada todavía es comentada hoy, muchos años más tarde, como digno remate del suceso. Y, quienquiera que lo cuenta, no deja nunca de añadir: «Y a partir de entonces la señora Empson reemprendió sus actividades sociales y sus hijos anduvieron por la vida con la cabeza bien alta». De esta manera, Rosalyn Walls, con un gesto aparentemente plebeyo, se elevó por encima de las inaccesibles alturas de la nobleza.

© Soledad Puértolas

SOLEDAD PUÉRTOLAS Nace en Zaragoza en 1947. Estudia periodismo. Colabora en periódicos y revistas con artículos de crítica. Con pocos títulos se ha instalado con fuerza en el panorama literario español. Se muestra partidaria de una literatura que sugiera lo máximo a partir de lo mínimo. Entre sus obras: «El bandido doblemente armado» (novela), «Una enfermedad mortal» (cuentos). Su última novela es «Todos mienten».
«La vida oculta» y «Contra Fortinelli» pertenecen a *Una enfermedad mortal,* Ed. Trieste, Madrid, 1983.

LA VIDA OCULTA

Soledad Puértolas

*J*acomo Sandoval se encontraba a la sazón en Nápoles, en casa de su tío el capitán Ricamo, Marqués de Villamayor. Se había quedado allí, porque de regreso a Palermo, donde tenía familia, vivienda y oficio importante, se había sentido mal. Ya no era el joven a quien las dolencias corporales le hacen sonreír fanfarronamente. A los treinta y ochos años, se sentía cansado. Había participado en más de treinta batallas y, por lo menos dos de ellas, figurarían para siempre en los anales de la historia. Había dejado, pues, su huella en el siglo.

El Rey, para saldar la deuda de sus servicios, le había recompensado liberalmente. Bien es cierto que Jacomo se había ganado esa recompensa, no sólo en el agitado campo de las batallas, sino en las muchas horas de espera que había tenido que gastar en las antesalas de administradores y virreyes, antes de que se atendiera su petición. Y de eso también estaba cansado. Si algo había conseguido, nadie se lo había dado de balde.

Pero todas las dificultades que habían tenido que ser superadas para lograr su envidiable renta y posición, le dolían ahora, le desvelaban, mientras, postrado en el lecho del cuarto que su tío había dispuesto para él, sufría los intermitentes escalofríos de la fiebre. Y no hallaba ningún consuelo en sus recuerdos. Las guerras se desvanecían en una nube de polvo y el rostro de su dulce esposa no quería acudir a su memoria. Ella sí que había soportado con paciencia sus largas ausencias, sus regresos súbitos, muchas veces malhumorados, y sus también súbitas partidas, quedándose al frente de una casa donde la sucesión de nacimientos no estaba en relación con el incremento de los ingresos. Ella nunca se había quejado. Sólo le comunicaba lacónicamente: tal ha nacido, tal tiene ya tantos años, tal superó una enfermedad, tal ha muerto. Ahora Jacomo no veía el rostro de aquella mujer ejemplar. Hacía un esfuerzo por evocar sus rasgos tranquilos y bien proporcionados, y fracasaba. De su esposa sólo le venía un murmullo, un confuso recuento de datos que no se entendía bien.

A sus hijos tampoco podía recordarles, pero eso no le inquietaba. Todos los niños le parecían iguales. Envueltos en encajes y terciopelos, perfumados, cualquiera sabía cómo eran en realidad. Jacomo Sandoval sólo se entendía con los rapaces de las calles, porque él mismo había sido un rapaz antes de ser soldado.

El médico aparecía de tiempo en tiempo tras la cabecera de la cama. Ordenaba que se le diese un brebaje que el pobre Jacomo tragaba a duras penas y, tras lanzarle largas miradas filosóficas, decía que todo marchaba bien. Jacomo perdió la noción del tiempo. Un mediodía abrió los ojos y vio el cuarto iluminado por la suave luz que se filtraba a través de las cortinas. Supuso que estaba amaneciendo. En la casa reinaba un silencio extraño. Agitó su cuerpo bajo las sábanas y lo reconoció sano. Habían cesado los dolores. No tenía fuerzas suficientes como para incorporarse, de forma que durante un rato sólo miró los diferentes objetos, algunos muy valiosos, que poblaban el cuarto. Era evidente que su tío se cuidaba muy bien. Era muy entendido en todo aquello que significaba lujo: vidrios, tapices, joyas. Mientras se decía que era probablemente su buena relación con el obispo lo que le había procurado una posición tan sólida, se dio cuenta de que en el exterior, alguien cantaba. Hermosas canciones las napolitanas. Y hermosas las napolitanas. Una canción se sucedía a otra y se diría que la voz sabía que estaba siendo escuchada. Sonaba cada vez más próxima, y su tono se iba haciendo más íntimo.

Repentinamente, cesó, y un gran vacío tomó posesión de la habitación, antes tan llena. Los objetos preciosos seguían sobre los estantes, los tapices y los cuadros cubrían las paredes, pero en el aire no había nada. Antes de darse cuenta, Jacomo se había levantado, había abierto el balcón y buscaba en el hueco de las ventanas abiertas a la mujer que le había deleitado con su voz. Al fin, la halló. No cantaba ahora, movía los labios susurrando como para sí, y miraba al bastidor mientras sus manos manejaban la aguja. Era una mujer muy hermosa y Jacomo se quedó contemplándola.

Jacomo Sandoval había conocido a muchas mujeres. En la vida de los soldados las mujeres son casi imprescindibles. A las mujeres se acude siempre, se ganen o se pierdan las batallas. Mujeres para celebrar la victoria y mujeres en cuyo regazo lamentarse del fracaso. Un soldado sin una mujer es un extraño soldado, está mal visto. Jacomo podía considerarse un hombre afortunado, pues nunca había tenido que suspirar por una mujer. Estaba seguro de que la dama del bastidor levantaría, al fin, sus ojos hacia él, y esperaba ese momento apoyado en la balaustrada, mientras el sol caía sobre su cabeza. La dama levantó los ojos. Era muy joven. Su mirada era de esas miradas demasiado inocentes, demasiado abiertas, que causan gran confusión. Fue seguida de un gesto con la mano. Luego, la dama desapareció. Al cabo de un rato, Jacomo escuchó unos golpes en su puerta y como estaba seguro de ver aparecer a la muchacha tras ella, se quedó paralizado ante la vista de un joven extraordinariamente hermoso, cuyos ojos brillaban con la misma inocencia que los que acababan de mirarle. El joven sonreía. No había duda de que se trataba de un recadero y seguramente de eso estaba hablando, aunque Jacomo no podía escucharle. Fuera porque el sol le había afectado más de la cuenta, o porque la enfermedad le había dejado enormemente débil, o porque los ojos del muchacho eran de un azul en verdad deslumbrante, el caso es que Jacomo hubo de echarse sobre el lecho, víctima de algo que no había experimentado jamás: la atracción hacia otro hombre.

—¿Os encontráis bien? —preguntó el muchacho cuando, una vez finalizado su discurso, no obtuvo respuesta.

—Aproxímate —pidió Jacomo, a quien el sol, la enfermedad y la belleza daban nueva audacia.

—¿Cómo has encontrado mi casa? —preguntó luego, por empezar a hablar.

El joven dio una larga y exhaustiva explicación. Al parecer, había sido una buena pregunta. Describió la parte de Nápoles donde se encontraban, habló de la influencia del Marqués en el gobierno de la ciudad e incluso parecía estar enterado de la larga y extraña enfermedad de Jacomo. Habló con admiración de la fama que había cobrado en la última batalla, añadiendo que a un soldado que tan valientemente había defendido a su Rey nada se le podía negar. Y nada le fue negado aquel ardiente mediodía.

Ya en el momento de las confidencias, preguntó Jacomo:

—¿Y tu ama?

—Buena fulana está hecha —respuso tranquilamente el muchacho.

—¿Te has fijado en sus ojos? ¡Son iguales a los tuyos!

El joven se echó a reír. Todo el mundo lo decía. Se encogió de hombros. Así era el azar, la naturaleza. No parecía darle más importancia. Pero a Jacomo el parecido le impresionaba, le irritaba.

—Estoy seguro —dijo insolente— que debe de haber una razón para ese fantástico parecido.

—¿Razón? —pronunció parsimoniosamente el muchacho, como si se tratara de una palabra rarísima.

—Vamos, que a mí no me engañáis. Sois hermanos.

—Y si fuésemos hermanos, ¿con qué objeto habríamos de ocultarlo? —dijo el joven después de frenar su risa.

—Bueno —repuso Jacomo, sin darse por vencido—, la gente oculta muchas cosas. No creas que todo el mundo va por ahí pregonando las verdades a los cuatro vientos. Hay cosas que están bien en una parte y en otra no. Hay pueblos que tienen costumbres extrañas.

—Oh, vamos, qué manera de embarullarte. Si te descuidas, caes en herejía.

Jacomo miró al muchacho con recelo.

—No soy un soplón, demonios, no me mires así. Pero todo lo que dices carece de sentido. Eres un hombre muy complicado y no sé exactamente qué es lo que te preocupa. Pero si sales de dudas visitando a Lucrecia ahora mismo te llevo junto a ella.

Los criados del Marqués sirvieron un abundante almuerzo y después de descansar un rato, Jacomo y el joven salieron a la calle. Pasaron por delante de varios palacios y se detuvieron al fin al pie de una cancela.

—No imaginé que estaba tan lejos —dijo Jacomo, fatigado.

El muchacho abrió la puerta, le guió a través de unas escaleras de mármol y aparecieron en la estancia de Lucrecia.

—Mucho habéis tardado —dijo ésta, mirando atentamente al caballero y al recadero—. Afortunadamente, soy una dama paciente. Si no tuviera paciencia, más me valiera morir. No es divertida la vida de una dama.

Sin embargo, sus ojos brillaban, divertidos.

—Fabio —pidió Lucrecia—, tráenos algo de beber. Estoy muerta de sed.

El muchacho salió del cuarto esbozando una breve reverencia que a Jacomo se le antojó un gesto burlón.

—Bien, caballero —dijo Lucrecia, levantando

su barbilla hacia Jacomo y en un tono frío y cantarín—. ¿Qué deseáis?

—Si no me equivoco —repuso el soldado, que a estas alturas creía que sí se equivocaba—, fuisteis vos quien me mandó llamar.

Lucrecia sonrió. Alargó la mano hacia el bastidor para acariciar con la punta de los dedos el bordado.

—Es cierto que os llamé, pero, al fin, vos vinisteis, y cuando uno va a alguna parte es porque espera algo, ¿qué esperáis vos en realidad?

—Señora —dijo Jacomo, acercándose a Lucrecia—, desde que os oí cantar desde mi lecho sentí la necesidad de estrecharos entre mis brazos.

—Sin embargo, os habéis entretenido con Fabio —dijo la dama, rechazando con su delicada mano el peso del cuerpo de Jacomo—. Y me siento celosa. Debéis definiros. O él o yo.

—¿Cómo podría dudar, señora? ¿Acaso me veis indeciso?

—No puedo negar que estáis adiestrado en las respuestas oportunas, pero si os aceptara ahora me atormentaría más tarde la duda de si, en igualdad de condiciones, no preferiríais a Fabio.

—Fabio no está aquí —dijo el soldado, sudoroso e irritado ante la incomprensible, casi maníaca, resistencia de la dama.

Como convocado por las palabras de Jacomo, entró en ese instante Fabio, que repartió los refrescos encargados por Lucrecia. Jacomo se dejó caer sobre una butaca, desanimado.

—Si os pongo a prueba es para que luego disfrutéis más de mis favores —dijo Lucrecia, sonriendo compasivamente.

Todos bebieron sus refrescos en silencio.

—¿Y bien? —preguntó Lucrecia al fin.

Jacomo miró a Lucrecia. Miró a Fabio. Cerró los ojos con dolor.

—Querido Fabio —dijo la musical voz de Lucrecia—, está visto que, una vez más, nuestra rivalidad no puede resolverse. Amémonos tú y yo para que el soldado encuentre un bálsamo en sus tribulaciones.

Desdichado Jacomo. Alguna vez en algún burdel había espiado el amor de los otros, pero en aquella habitación tan escuetamente amueblada, inundada por la luz de la tarde, los hermosos seres que se amaban a sus pies, le parecieron parte de un sueño. Aquella escena le perdió para siempre.

Apareció en su casa al anochecer y nunca se preocupó de recordar cómo llegó hasta ella, si fue solo, acompañado o trasportado en un coche. Cuando su tío regresó a la mañana siguiente lo encontró levantado y arreglado, pero devolvía una mirada ausente, que podía atribuirse a su reciente enfermedad.

—Querido sobrino —le dijo cuando lo juzgó oportuno—, ahora que ya te has curado, lo más conveniente es que te reúnas con tu querida esposa cuanto antes. Ella debe de estar ansiosa por tenerte a su lado y nadie como ella podrá procurarte las atenciones que requieres. Yo te alojo con gusto, con placer —subrayó, puesto que lo estaba echando—, ya ves que soy un pobre viejo del que nadie se acuerda y tú me has acompañado, aunque hayas estado postrado en cama —el pobre Marqués empezaba, nervioso, a desvariar—. Pero la familia es la familia y tus pequeños hijos alegrarán, mejor que yo, las tediosas horas de tu convalecencia.

Después de tantos esfuerzos, el Marqués se encontró con que su sobrino había dispuesto ya su equipaje. Pensaba reemprender su viaje aquella misma mañana. El tío, asombrado y levemente inquieto por haber sido descortés, incluso intentó retenerlo, pero Jacomo tenía una idea fija. Sus palabras de agradecimiento no fueron excesivamente cordiales y el tío se calló, malhumorado. Bastante había hecho con albergar a Jacomo durante aquel largo mes.

En Palermo, todo seguía igual. La vida de la ciudad discurría entre la violencia, el peligro, las confidencias y el aburrimiento de siempre. María Sandoval, glorificada por el pasado heroico de su esposo y por la nada despreciable renta que le habían asignado, había embellecido la casa y se había embellecido a sí misma. Los hijos que habían sobrevivido a las enfermedades eran ya muchachos y ninguno de ellos mostraba una clara inclinación hacia las armas. Hubo un primer conato de recelo, ante posibles cambios en las costumbres familiares, pero ni se puede cambiar lo que apenas existe ni Jacomo estaba especialmente interesado en alterar la vida de nadie. Enseguida se demostró que el por tan largo tiempo ausente cabeza de familia no molestaba en absoluto. Muchas veces sus ojos se perdían y no contestaba a las pequeñas preguntas de su esposa sobre aspectos de la vida doméstica. María Sandoval sabía comprenderle. Los soldados no pueden apartar de sí el recuerdo de las pasadas guerras. La nostalgia de las batallas los acompaña para siempre. Jacomo se iba haciendo cada día más silencioso, más huraño. María toleraba, indulgente, sus excentricidades, mientras la rutina de su vida continuaba.

El lugar preferido de Jacomo era el jardín. Pasaba muchas horas contemplando las hojas de los árboles. Tenía, también, un cuarto preferido, cuyas paredes desnudas reflejaban la luz del día y de la noche. No soportaba los muebles exquisitamente trabajados que colmaban las otras habitaciones, ni los objetos que adquiría su esposa y sus hijos para mostrarlos orgullosos a los visitantes. Cuando los ojos abstraídos de Jacomo se desprendían de la rama del árbol que el sol nimbaba, o del punto de la pared que daba paso al infinito, miraban al resto de los mortales como si no los reconociera. Y si aparecía ante él la grácil silueta de María, se empañaban de bruma. Enseguida estuvo claro para todos que el pobre Jacomo había perdido el juicio.

Algunas veces miraba a María disimuladamente, receloso y alarmado, por si ella hubiera llegado a entender la razón de su vacío.

Pero María Sandoval no lo entendía. Iba y venía por los pasillos, recorría los senderos arreglando los setos. Ciertamente, no descuidaba las tareas de la casa y se ocupaba de sus hijos. Pero, en realidad, no tenía mucho trabajo. Contaba con doncellas eficientes y los niños, ya crecidos, no la molestaban. Tantos años de ausencia, de hijos, de esperas, en lugar de gastarla la habían embellecido. Era una mujer hermosa y empezaba a saberlo. Era feliz comprobando que la delicada tela de sus vestidos realzaba su figura. Estaba encantada con las variaciones de su peinado, que daban a su rostro una nueva expresión cada mañana. Su Jácomo, a quien apenas había llegado a conocer en su juventud, ahora, callado, y ausente, cada vez estaba más ajeno, pero María se encogía levemente de hombros y, casi sonriente, se decía para sí: «¡Cosas de las guerras!» Luego se alejaba cantando, porque Dios la había obsequiado con una dulce y melodiosa voz que inundaba la casa de forma casi imperceptible.

© Soledad Puértolas

SOLEDAD PUÉRTOLAS Nace en Zaragoza en 1947. Estudia periodismo. Colabora en periódicos y revistas con artículos de crítica. Con pocos títulos se ha instalado con fuerza en el panorama literario español. Se muestra partidaria de una literatura que sugiera lo máximo a partir de lo mínimo. Entre sus obras: «El bandido doblemente armado» (novela), «Una enfermedad mortal» (cuentos). Su última novela es «Todos mienten».
«La vida oculta» y «Contra Fortinelli» pertenecen a Una enfermedad mortal, Ed. Trieste, Madrid, 1983.

EL ENCUENTRO

Adelaida García Morales

De vez en cuando, forzado por el paso descontrolado del tiempo por mi vida, trato de detenerme con el fin de evaluar, clasificar, o simplemente recordar, mis actividades de la última semana. Pero un turbulento marasmo*, constituido por retazos de lo vivido, entremezclados y confusos, aislados unos de otros, se adueña de mi memoria. Siempre recuerdo, más o menos, lo mismo: voy de aquí para allá, me dejo caer por el bar de la esquina, por

---

* *Marasmo:* paralización, suspensión.

el café de Milagros o por la cervecería de la plaza. A veces busco encuentros fortuitos por el barrio, forzando tontamente el azar, o bien me otorgo el derecho de introducirme en conversaciones ajenas. Si algo no puedo soportar es el silencio. No estoy capacitado para resistir un día entero sin hablar, sin decir cualquier cosa, lo que sea. Aunque no me importa reconocer que carezco de empatía* y que tampoco soy de esos hombres que poseen una vocación definida. A pesar de las apariencias, detesto a los charlatanes y, de ningún modo, he decidido esta dispersión callejera a la que ya me he resignado. Lo que sucede es que para la otra alternativa, la de permanecer en mi estrecha vivienda así, sin más, sin un televisor siquiera, sin ocupaciones y obligado a un mutismo absoluto, no me veo con aptitudes. Y menos aún ahora que acabo de renunciar a la comida diaria que me ofrecía mi hermana entre consejos y reprobaciones. Me había convertido en el blanco de todas las iras familiares. Incluso mis sobrinos más pequeños habían aprendido, imitando a sus padres, a juzgarme con parcialidad por cualquier menudencia. No pienso volver a visitarles. Que se peguen entre ellos. He cumplido los treinta años y, dados los tiempos en que vivimos, se me puede considerar todavía un joven parado. Aunque mi cuñado, azuzado por la hostilidad que me profesa, asegura que mi desocupación nada tiene que ver con el paro actual. Afirma que lo mío es de otra índole, que son motivos muy dife-

---

* *Empatía:* capacidad afectiva de conectar con algo.

rentes a los comunes los que me mantienen alejado del trabajo. Yo diría que, por la animadversión con que me habla y por la delectación con que me insulta, cree haber descubierto móviles delictivos en mi infortunio. Hace apenas dos días nos enzarzamos en una enconada discusión, a raíz de mi inasistencia a una cita que él mismo había concertado. Me negué a acudir sólo por dignidad. Estaba convencido de que aquel supuesto conocido suyo, del que lo único que sabía era que se apellidaba Núñez, tampoco dispondría de un empleo para mí en su Agencia. Ya a las últimas entrevistas que me había impuesto, me presenté desesperanzado, sin cambiar mi atuendo de costumbre, vestido al desgaire, sin preocuparme por lucir la indumentaria correcta. Finalmente, aunque guardé la tarjeta de visita, por si acaso, tuve el coraje de responderle verbalmente a sus ofensas y de despedirme jurando que, en lo sucesivo, sería para ellos sólo un muerto.

Aquella misma noche, gracias a las vicisitudes de la suerte, conecté con un viejo enjuto y barbicano, merodeador de papeleras públicas, basuras y otros desechos. Casi tropiezo con él. Su deslucida figura se irguió de pronto ante mí, como surgiendo de entre grandes cubos repletos de desperdicios. El movimiento de sus dedos, casi vertiginoso, me retuvo a su lado, admirándole durante varios minutos. Estoy seguro de que en aquellos momentos no le incomodó mi curiosidad. Incluso me atrevería a afirmar que le complacía el disponer de un espectador ante el que exhibir la destreza de malabarista con que hizo volar el contenido íntegro de un cajón de madera. Pensé que el virtuosismo de aquellos dedos, tan extraño a la torpeza general del resto de su cuerpo, no podía ser sino el resultado de un prolongado y pertinaz entrenamiento. «¡Nada, no hay nada!», protestó mientras, con un ademán rutinario de mendicidad, me tendía la mano hasta casi rozarme. Le di las buenas noches con agrado y permanecí inmóvil junto a él, como si acabara de llegar a una cita. El viejo murmuró algo a guisa de saludo y se arregló el nudo de la corbata que, a falta de cinturón, le sujetaba los pantalones. Debido a que no era un trasnochador y al quebrantamiento de mi ánimo por la ruptura familiar, pese a la independencia que ésta suponía, volví a desearle buenas noches, ahora con el fin de despedirme y continuar el camino hacia mi casa. « ¡Espera, no te vayas! ¡Quédate conmigo hasta que se apaguen las luces de las calles, hasta que se haga de día!» Al escuchar su voz suplicante pensé que era un loco y aún así, me detuve. No me sentía capaz de salir corriendo sin responderle, sin mirarle siquiera, y menos aún de pasar la noche vagando a su lado por el asfalto. Enseguida intuí que no me resultaría fácil torcer su voluntad. Así que, abocado sin remedio a postergar la despedida, le invité a que me acompañara en mi recorrido. Su abrumador agradecimiento me forzó a precisar con descortesía que sólo andaríamos juntos hasta mi puerta. ¿qué necesidad tenía yo de agobiarme creando compromisos en un encuentro tan insignificante? Pero, observando su lánguida figura, frente a mí, encogiéndose resignada en el interior de su chaqueta, estuve tentado a prolongar el paseo, pues nos hallábamos a pocos pasos de mi domicilio. No obstante, supe contenerme.

Emprendimos así una silenciosa marcha que a él debió parecerle un perfecto fraude, ya que, al detenerme para introducir la llave en la cerradura, sin esperar mi consentimiento, a modo de represalia, me comunicó que subiría conmigo. «¡Nada de eso!», le dije con visible fastidio. Y, enseguida, mecánicamente, para suavizar mi negativa, añadí que no había ascensor y que, además, vivía en el ático. «¡Mejor!», exclamó el viejo, aclarando sin tardanza que despreciaba todos los aparatos eléctricos en general, pero que a los ascensores precisamente no los soportaba. Jamás se había dejado elevar por ninguno de ellos. No me importaba demasiado mostrarme grosero con él, o mezquino, o incluso duro, pero tampoco su presencia me repelía hasta el punto de dejarme enredar en un forcejeo que, tal vez, se prolongara durante toda la madrugada. Por otra parte, no encontré, en aquellos momentos, ninguna razón contundente que me impulsara a emplear la violencia con un pobre estólido*. Y, ante todo, no se puede olvidar que era la primera vez en mi vida que alguien se empeñaba con testarudez en conseguir mi compañía. Claro que tal ex-

---

* *Estólido:* falto de razón.

travagancia, más que complacido, me dejó desconcertado e indefenso ante aquel vagabundo que me observaba ansioso, casi con temor, como si esperase de mí algo parecido a una sentencia.

· Emprendimos el ascenso a un ritmo normal hasta que, a mitad de la escalera, se detuvo jadeante. Ya en el último tramo tuve que transportarle, colgado por completo de mi cuello. Por fortuna, su cuerpo parecía consistir sólo en un esqueleto o armazón de alambre, cubierto directamente por la ropa. Atravesamos la azotea, sin prisa, hasta alcanzar mi propiedad: un estrecho rectángulo situado en una de las esquinas. Al entrar en la salita, el viejo se reanimó de golpe. Y como si hubiera sido impulsado por un resorte oculto, se entregó sin perder un instante, a lo que sin lugar a dudas, parecía ser la razón misma de su existencia. Todas sus facultades se pusieron, de inmediato, al servicio de sus dedos. Escrutó, palpó y tiró cuanto alcanzaron sus ojos. Nada podía satisfacerle. Y, como en cumplimiento de una misión fatídica, hizo volar un cenicero vacío, una bufanda, un peine mellado, unos calcetines, un frasquito de colirio, una caja de zapatos, recibos, periódicos y otros objetos abandonados sobre la gran mesa que ocupa, con exactitud geométrica, la mitad de la habitación. Después, pasó al otro lado, encaramándose con un pie en la butaca y el otro en el velador del rincón. En esa postura tenía acceso a una estantería, cuyo contenido: unos pocos libros y un plato de cerámica rudimentaria, tampoco logró interesarle. Bajó contrariado, murmurando algo y cayendo directamente en el cuarto contiguo: mi dormitorio. Su afán desenfrenado de búsqueda, su vertiginoso registro, no se detuvo ante mis pertenencias más íntimas. No respetaba nada, incluso llegó a levantar el colchón de mi cama. Una vez hubo convertido mi hogar en una gigantesca papelera, se echó al suelo con el propósito de levantar las baldosas más inestables. Entonces creí adivinar sus verdaderos móviles en medio de tanto teatro. No es ningún inocente, me dije, busca dinero. Y, saliendo al fin de mi estupor, le increpé: «¡Menudo sinvergüenza está usted hecho, amigo!» «¡Nada, no hay nada!», protestaba él por su cuenta, invulnerable a mis insultos. Le llamé ratero varias veces y, abriendo la puerta con autoridad, le ordené salir inmediatamente, mientras le señalaba la oscura intemperie de la azotea. Incluso le amenacé con denunciarle a la policía si no abandonaba mi vivienda. Me aclaró entonces, con una vehemencia desproporcionada, que ante todo deseaba evitar que le confundieran con un ladrón. Por eso, rara vez buscaba entre los objetos en venta de las tiendas o de los puestos de mercadillos. Temía, por encima de cualquier otra desventura, que le recluyeran de nuevo en lo que llamó un presidio infantil. Sus palabras me confundieron, me desconcertaron, incluso lograron que me avergonzara de mi crueldad. «Entonces ¿qué anda usted buscando?», le pregunté. Pero ya no me respondió. Sentándose en la butaca de la salita, me miró con fijeza, igual que si tuviera ante sí un ilimitado vacío. Por primera vez tuve ocasión de observarle con detenimiento. La huella de una antigua ferocidad permanecía en sus facciones. Bajo sus pobladas cejas, una mirada rota, desvanecida tras una película blanquecina, prestaba a su rostro el gesto perdido de un ciego. Ni siquiera me veía. Cerró los ojos e, inmediatamente, sin ningún proceso previo, sin que pasara el tiempo, comencé a escuchar los estertores de su respiración. Y digo "estertores" porque más que a un sosegado reposo, su sueño se asemejaba a una agitada agonía. Pensé que estaría enfermo, muy enfermo.

A la mañana siguiente, al despertarme, ya tenía el firme propósito de arrojar de mi vida a aquel individuo sin sentido, imagen viva de la mala fortuna que me acechaba. Era la encarnación misma de un mal presentimiento. Le zarandeé sin cuidado y le fui despabilando por el camino, mientras cruzaba la azotea, cargando a medias con él sobre mis hombros. En cuanto pisamos la acera, le tendí la mano en señal de despedida. Pero él me negó la suya. Se había agarrado al borde de mi chaqueta para formular lo que muy bien podría ser una invitación. Al punto supe que comía casi a diario en una institución de caridad. Pretendía que yo le acompañara con el fin de que aprendiera el camino y así poder beneficiarme, en el futuro, de su misma fuente de alimentación. Ni me sorprendió, ni me molestó que me hubiera tomado por un igual. Nada tenía de extraño. Con el tiempo y las contrariedades, me he vuelto perezoso, abúlico, descuidando hasta límites inadmisibles mi aspecto externo. Quién sabe la apariencia que puedo yo ofrecer ahora a alguien que carezca de la mirada indulgente con que, en virtud de tantos años de convivencia, me aceptan los vecinos de mi barrio. Pese a la insistencia del viejo infortunado, rechacé su propuesta con desdén, desabrido, tal vez por temor a ir cayendo, poco a poco, solapadamente, en su misma forma de desamparo si frecuentaba lugares de mendicidad. Así pues, me despedí de él alegando que tenía un compromiso. Debía acudir a una entrevista importante, una cuestión de trabajo. Saqué de mi bolsillo la tarjeta de visita que había recibido de mi cuñado y se la enseñé. No pretendía que la leyera, ni tampoco que la mirase. Me bastaba con nombrarla, con exhibirla como prueba incuestionable de nuestras diferencias, como señal inequívoca de que yo no era de los suyos. Y, para convencerme de que aquella desvalida criatura no era precisamente mi espejo, me alejé con la intención de ignorarle en lo sucesivo.

Nos hallábamos en una de esas calles céntricas y angostas, en las que la irrupción del tiempo moderno se manifiesta reduciendo a mero estorbo todo cuanto albergan. Allí mismo, en una esquina cualquiera, en medio de un agitado trasiego, se detuvo el viejo, aceptando mi desprecio con naturalidad. Adosado a la fachada porosa, adherido a ella como si la sucia superficie penetrara su cuerpo traslúcido, extendió su mano mendicante, armonizando con cuanto le rodeaba, igual que una mancha de humedad o un desconchado en un edificio en ruina.

Minutos más tarde, entré en la Agencia que dirigía el señor Núñez, siguiendo las indicaciones que colgaban en la puerta: «Entre sin llamar». Asimismo logré introducirme, con la tarjeta de visita en la mano, en su propio despacho sin que nadie tratara de impedírmelo. El director, a pesar de su atuendo juvenil, era un hombre maduro y castigado. Primero me miró con sobresalto. Después, al escuchar mis lacónicas palabras de identificación, dijo impertinente: «¡Ah, eres tú!». Contuve a tiempo la tentación de excusarme. Pues ¿que le iba a decir, lo siento pero soy yo? ¡De ningún modo! Arrostrando su injusta incomodidad ante mi presencia, le informé sobre el motivo de mi visita. «¿Qué sabes hacer?», me preguntó expeditivo. «Si se trata de menudencias... tareas simples... no sé... cualquier cosa». Percibí al punto que mi respuesta no satisfizo y, además, que conmigo sólo deseaba ahorrar: tiempo, palabras, saludos, sonrisas, amabilidad e incluso ademanes, pues me observaba mirándome de lado, a hurtadillas, en una postura rígida y manifiestamente incómoda, negándome la mínima deferencia de girar para hablarme abiertamente de frente.

«¿Sabes taquigrafía?» Por el tono de su voz, más que una pregunta, sus palabras me parecieron una adivinanza. «Pues... no la considero demasiado difícil», respondí yo, dispuesto a no dejarme humillar. «Pero ¿sabes o no sabes?» Ante su insistencia articulé un movimiento de hombros y cabeza, un gesto incalificable, que logró acrecentar su desprecio. «¿Hablas inglés?» «Si me empeño...» «¿Qué quieres decir?» «Pues que si me lo propusiera...» «En fin —protestó— ahora no hay nada, pero se te hará una ficha» Llamó entonces a uno de sus empleados y, sin la menor dilación, se abrió la puerta para dejar paso, no a la persona solicitada, sino a la desvencijada figura del viejo callejero. Había entrado inocentemente, avanzando hasta el centro de la habitación. Allí se detuvo y me dedicó una inoportuna risita de júbilo, como si pretendiera congratularse con mi fracaso. Ante un individuo así, impertinente, osado, fuera de cualquier regla de juego, nada más lógico que una reacción brusca y despectiva. Mientras el director, indignado, trataba de expulsarle, yo me mantenía a distancia, indiferente, disimulando nuestro reciente trato. Ni siquiera intervine cuando le agarró con violencia por un brazo, lastimándole, para conducirle hasta la salida. Tampoco me sumé, como hubiera sido lo natural, a los comentarios del oficinista en cuyas manos me dejó el señor Núñez. Sin llegar a darme más pistas sobre el posible trabajo, sin dejarme entrever ni la menor esperanza de conseguirlo, sin despedirse siquiera, me abandonó precipitadamente, dispuesto a recuperar el tiempo perdido entre mi visita y la del intruso. No es difícil comprender que, viéndome en el trance de rellenar una ficha en esas condiciones y convencido de su ineficacia para justipreciar mis capacidades, cayera en un hondo abatimiento.

De nuevo en la calle, no me extrañó descubrir al viejo esperándome con una inexplicable sonrisa de satisfacción, casi de regocijo. No le reprendí, ni le exigí que justificara su comportamiento. No le dije nada. Me abandoné a la deriva, conducido por él, ignorando que ahora había tomado un rumbo fijo. Supe que nos hallábamos en su territorio cuando, al entrar en un bar, siguiendo siempre su iniciativa, un camarero le saludó, llamándole por su nombre: Simón. Y, no obstante haberle advertido sobre mi imposiblidad de pagar, pidió con entusiamo una botella de buen vino y dos vasos. Inmediatamente, antes incluso de empezar a beber, quiso abonar el importe. De un bolsillo de su chaqueta extrajo una cartera de piel desgastada y, ante mi estupor, la hizo bailar entre sus dedos hasta dejarla abierta en mis manos. Contenía una considerable cantidad de dinero. Se la devolví enseguida, desconcertado, incapaz de admitir que mi compañero, por llamarle de alguna manera, había sido el artífice, él solo, de tan importante hurto. Y, mientras barajaba con su habilidad de malabar, el resto del botín: unos pocos papeles y algunos documentos, se me apareció fugazmente el rostro severo del señor Núñez, enmarcado en una pequeña fotografía. De golpe, aunque por breves instantes, me alarmé. Si éste no disponía de otras referencias sobre mi persona que las que hubiera podido recibir de mi cuñado, estaba perdido. Por fuerza haría recaer sobre mí toda la culpabilidad. Claro que este mal presagio se desvaneció muy pronto. Pues ¿acaso no resultaba a todas luces evidente que el sospechoso era el otro, el viejo pordiosero que había logrado colarse en su oficina con tanta desfachatez? Una vez tranquilizado, le di unas palmadas en la espalda a guisa de reconocimiento y ¿por qué no decirlo? también de admiración. No se puede negar que, dadas las circunstancias en que se produjo y conociendo, por otra parte, sus temores, semejante intrepidez exigía un talante heroico. Y así, aquella vida en ruina que, hasta entonces, me había sugerido su miserable figura, de súbito se me apareció transfigurada, como un paisaje desconocido, inquietante, incluso amenazador. Sin embargo, cuando, algo más tarde, le oí murmurar de nuevo: «¡Nada, no hay nada!», mientras hurgaba en la cesta de una vendedora de tabaco, le zarandeé impaciente y le hablé como a un loco: «¡Dígame qué está buscando, hombre, yo puedo ayudarle!». Nos hallábamos en un pasadizo subterráneo, un paso de peatones que conducía, además, a las taquillas del metro. Le había seguido hasta allí sólo por inercia, porque no pensaba asistir más a la comida en casa de mi hermana, porque no tenía, en aquellos instantes, un punto más atractivo al que dirigirme. No sé por qué, me sentía con derecho a sonsacarle. Pero en aquel trance no se mostraba receptivo a ninguna pregunta. Tal vez ni siquiera me había escuchado. Y tampoco parecía dispuesto a desvelar a nadie el secreto de su extravagancia.

Finalmente, la vendedora, que por su tolerancia podría ser una antigua conocida, perdió la paciencia: «¡Bueno, ya está bien!» «¡Mira cómo me está poniendo todo!» Simón soltó malhumorado una caja de cerillas y nos dio la espalda. Ignorándonos a ambos, cruzó la multitud de peatones con dificultades, abriéndose paso en dirección perpendicular a la de ellos. Le observé mientras se alejaba, flotando entre los transeúntes, como una forma sólo ligeramente humana, como un simulacro de hombre, como si su búsqueda imposible, entre desechos y objetos insignificantes, no fuera más que un puro desmoronamiento convertido en acción, una manera activa de disparatar. «¡Otro!», exclamó la vendedora de tabaco mirándome a mí, no con desprecio sino con un deje de lástima y de conmiseración tal que me hizo sentir frío. Su "otro" me reflejaba, como un espejo resquebrajado, una imagen mía descompuesta e irreconocible, pero tremendamente familiar a un tiempo. «Una cosa que le dé la suerte. Eso es lo que busca», me aclaró la vendedora arrugando la nariz en una mueca de desprecio, molesta conmigo, como si pensara que yo le había obligado a decir una tontería. Tenía el pelo canoso y rizado en una permanente pasada de moda. Mientras se arreglaba el peinado, ajustándose bien las horquillas, me dijo en son de burla que también yo podría encontrar la cosa, sí, la cosa que me daría suerte y cambiaría mi vida. Sólo tenía que estar atento, hurgar en todas partes, incluso en los lugares más insólitos, incluso en los más repugnantes. Hablaba con tal desprecio que, de haberla escuchado en otras circunstancias, me habría pronunciado en defensa del viejo, habría improvisado algún gesto de solidaridad con él. Pero en aquel preciso instante sus palabras sólo me inspiraron un pesado aburrimiento. Alcé mi voz bruscamente, por encima de la suya, decidido a hacerla callar. No me faltaba más que enredarme en una conversación tan insensata. En aquel momento pude haberme marchado, salir al exterior y reintegrarme al ritmo natural de mis días. Pero no lo hice. Me dispuse a buscar a Simón con el propósito de despedirme una vez más. No tardé mucho en encontrarle. Se había acomodado en el suelo, junto a un hombre pulcro y maduro que informaba de su miseria por escrito, con letras mayúsculas, en un cartón que le colgaba del cuello. Me detuve a su lado, mirándole desde arriba y separado de él por una línea imaginaria pero perfectamente definida. Allí estaba el viejo, entonando una canción inclasificable, una suerte de quejido, tal vez un torpe simulacro de saeta. Había extendido ante sí una cartulina con varias estampas pegadas. Todas eran de la virgen de Triana. Rocé con mi pie, suavemente, el bolsillo de su chaqueta, abultado por la cartera recién adquirida. «¿No te basta con esa suerte?», le pregunté tuteándole, sin pensarlo, por vez primera. «Eso es otra cosa», me respondió distraído, con indiferencia. Entonces me dejé deslizar por la pared, poco a poco, hacia abajo, doblando las rodillas hasta caer a su lado, en aquel suelo de asfalto, inaccesible para mí sólo unos segundos antes. Fue como si hubiera resbalado en el límite mismo de lo que siempre había considerado la normalidad. Y sentí que el mundo entero se desplomaba allá arriba, desvaneciéndose en mi cabeza, dentro de ella. Durante breves minutos, fugaces e irrepetibles, me entregué a un descanso impensable. Una moneda vino rodando hasta mis rodillas. Nadie la reclamó.

ADELAIDA GARCÍA MORALES Nace en Badajoz y muy pronto se traslada a Sevilla, donde se licencia en Filosofía y Letras.
Su forma lírica de narrar crea un peculiar clima literario en el que los personajes navegan en el misterio. Entre sus obras destacan «El silencio de las sirenas» (premio Herralde de novela), «El sur» (novela que ha sido llevada al cine).
El relato «El encuentro» ha sido publicado en la revista *Sur Express* n.º 3 Especial verano 1987.

MARINA PARA UNA EJECUCIÓN

Carmen Riera

Al empujar la pala hacia el fondo se toparon con un obstáculo... Escarbaron con las manos para extraer la roca, y cuando les parecía tenerla asida notaron que su contacto era blando y suave. Tiraron con fuerza y apareció, por fin, sucio de arena, el cuerpo de un hombre. El grito de los niños atrajo la atención de los bañistas que se apretujaron en torno al cadáver. Vestía un traje azul marino, corbata de seda y una camisa de rayadillo bajo el chaleco mal abrochado. Lucía un lirio de playa marchito en el ojal de la solapa. No presentaba señales de violencia, pero un hililo de sangre coagulada, quizá el arañazo de una rubia starlet, le pendía de los labios. En su rostro, tranquilo, había una mancha de carmín.

—Dejen paso, policías. Apártense, policías... Llegaron antes que la ambulancia. Le cachearon. Registraron bolsillos, forros y entretelas. Escudriñaron la cartera buscando documentos. Pero no encontraron nada válido para una identificación. Sólo algunas conchas, una estrella de mar y un papel azul escrito en alemán que yo misma traduje a los medios de información; en él estaba la clave del suceso: «Acabo de matarle aquí mismo, a orillas de la mar, sin testigos. Me ha costado un terrible esfuerzo y he llorado mucho antes de hacerlo. Mientras sus ojos, ya sentenciados, desmadejaban su azul en las tinieblas, le canté el Dies Irae. Luego, tras el esfuerzo de la agonía, quedó exhausto. Cerré sus párpados con piedad. Me costó un gran esfuerzo cumplir con mi deber. Y, sin embargo, pese al desconsuelo, no me arrepiento. Sé que era la única manera de despertar su conciencia.»

El forense dictaminó: Está muerto. El juez ordenó el levantamiento del cadáver y su cuerpo fue trasladado al depósito municipal. Días más tarde la prensa, la radio, la televisión anunciaban en breves comunicados que el gobierno ofrecía un millón de pesetas de recompensa a quien entregara al asesino. Porque la BIC tenía muy claro que se trataba de un crimen político.

CARMEN RIERA Nace en Mallorca en 1948. Licenciada en Filosofía y Letras se dedica a la enseñanza, aunque a veces practica el periodismo. Ha publicado «Te deix, amor, el mar com penyora», «Jo pos per testimoni les gavines», «La vida de Ramón Llull». «Palabra de mujer» es una selección de cuentos traducidos al castellano donde muestra un universo de personajes que no han sabido, no han podido o no han querido ser asimilados al engranaje de la normalidad cotidiana. «Marina para una ejecución» y «Descasadas» están selecciona- das de *Palabra de mujer* (Ed. LAIA, Barcelona, 1987) 4.ª edición.

DESCASADAS

Carmen Riera

NOTA: El personaje de esta narración se expresa en el modo de hablar de los tipos populares mallorquines cuando hablan el castellano. Los mallorquinismos han sido traducidos a pie de página.

Dificultaría la lectura la constante traducción o rectificación de una sintaxis que reproduce construcciones del mallorquín. El buen criterio del lector salvará sin dificultad este pequeño obstáculo.

En cuando a la fonética, lo que más destaca en el texto es la sustitución del sonido (z) interdental, fricativo, sordo, por el correspondiente alveolar (s).

*M*e crea, nosotras no hemos tenido de suerte con los hombres. El mío, Dios lo haya perdonado, me dio muy mala vida. Más vago que el dormir, afisionado al juego y a la bebida, me pegaba cada ves que le pasaba por las narises y le pasaba muchas de veses. ¡Si este cuerpesito mío le contara! Me levantaba cada día a las cuatro, invierno y verano, y tomaba el tranvía de las cuatro y media para llegar a las sinco al punto de trabajo. Hasía de planchadora en el Gran Hotel, ¿sabe?, cuando apenas había turistas. Veinte o treinta en toda la isla. Los señalábamos con el dedo. Eran ingleses, muy ricos. Planché camisas, pantalones, fracs de milords y de banqueros, de nobles; maitinées, faldetas*, brusas y vestidos de jorjet y de satén, de seda. ¡Vaya telas! ¡Qué caído! No se paresen en nada a esta porquería del tergal de ahora... Eso sí, difísiles de planchar a más no poder. Un día me llamaron de una habitasión. Yo tenía miedo de una reñida. Me preguntaba ¿qué desastre habré hecho, Dios mío? Temblando como una hoja llego hasta la puerta. Llamo. Una señora que paresía una prinsesa me pone un duro de plata en la mano y me dise un montón de palabras que yo no entiendo. Le doy las grasias y me alarga dos dedos blancos y enjoyados. Se los besé. La encargada de repartir la ropa a los clientes, con quien yo tenía una sierta amistad, me dijo que aquella señora, que era parienta del Archiduc y sobrina de los emperadores de Austria, se había fijado en lo bien planchados que habían quedado sus vestidos. Yo no cabía de satisfacsión. Cuando por la noche llegué a casa se lo

---

* Enaguas.

conté a mi marido. ¡Tal cosa no hubiera hecho, Virgen Santísima! Con cuatro manotasos y a golpes me robó el duro y salió corriendo. Estuvo una semana fuera y volvió sin un séntimo, con un humor rabioso de sien mil demonios. Yo no sabía qué haser. Estaba embarasada de seis meses y el trabajo me cansaba. Mis padres murieron el año de la gripe y yo no tenía más familia que una tía que servía de cosinera en casa de unos chuetons* de la Vileta. Si no era de las vesinas de nadie me podía fiar ya que con mi marido no podía contar para nada. Desidí ir a dormir en casa de mi vesina Consepción, *Na Carguia,* que desimos aquí de mal nombre, hasta el momento de parir. Y suerte de esto. A los ocho meses parí con dolores de muerte las dos besonas** que eran un poco pequeñas, pero la cosa más mona que haya visto en su vida... Y no lo digo porque son hijas mías, eran monas porque sí. *Na Carguia* hiso de comadrona, cortó el cordón, las lavó, las tapó bien tapadas entre dos frasadas*** y me entró un caldo bien caliente para que me recuperara el sotrac****. Estuve en la cama dos meses de fiebres preuperales, y medio ahora me levanto ahora caigo, dos meses más, convalesiente, mientras las pequeñas suravan***** a fuersa de la leche de la cabra de *Na Carguia,* que se portó como si fuera mi madre. Las niñas tenían un mes

---

* Judíos conversos.
** Gemelas.
*** Mantas.
**** Sacudidas.
***** Medraban.

cuando su padre se entregó a verlas y sin casi mirarlas esclamó: Vaya qué dos rufais*, somo si dijéramos, ¡vaya qué dos mierdas!, con perdón. Desde aquel día no le volvimos a ver. Sinco años más trde me mandaron llamar del hospital porque un enfermo muy grave me quería ver antes de morir. Era mi marido, ya se lo ha podido pensar ¿eh? Se moría de un mal mal, rabioso, la enfermedad del beber. El hígado, los intestinos, el vientre, todo le hasía agua. No me supo mal de aquel moribundo que me había hecho pasar tanto calvario, aunque él me pidió perdón espesas** veses y con lágrimas en los ojos me suplicó, por Dios y por su madre, que le trajera las niñas que las quería ver antes de morirse. Le dije que sí, pero no pensaba haser tal cosa. Las *besonas* no supieron hasta que fueron mayores el tal encuentro y me alabaron mucho que les hubiera ahorrado aquel mal rato. Su padre murió dos días más tarde solo como una rata. Las *besonas* pasaban toda la semana en el Temple, ya que el mi jornal no daba para pagar la manutensión de las tres y devolverle a *Na Carguia,* que era tan probe como yo, todo lo que había gastado los seis meses que estuve en su casa. Los domingos las monjas del Temple dejaban salir a las niñas y yo las iba a buscar y me las llevaba. Íbamos a Misa a la Sangre, luego a comer a casa y por la tarde las llevaba al sine del Patronato Obrero. Un domingo nos *susedió una de buena.* Desde el público alguien

---

* Miniaturas.
** Muchas.

gritó: *¡Se cala fuego!* ¡Piernesitas me valgan!, me dije yo. Cojo las niñas una por cada mano y venga correr hasta llegar al portal. Lo grande del caso es que bien poca gente había salido del sine. Yo pasaba una penada*. Ya los veía a todos quemados. Debían ser solamente una dosena de personas las que nos encontrábamos a punto de salir a la calle. Con esto el portero, que era mucho de la broma, nos dijo: —Qué, ¿han venido detrás del puerco? —¿Qué puerco?, le replicó un señor que venía con su señora y un niño. ¿O no lo han *sentido* al bargantell** que ha dicho «ala puerco»? Suerte que nos cogió con risa y volvimos a subir para ver la película. Pues como le desía, no hemos tenido suerte con los hombres. Mi hija pequeña, Coloma, la que sirvió en París en casa de Camus, ya sabe que Camus me escribía por Navidad y me enviaba un billete de los verdes. Tenía el detalle de haserme el regalo en pesetas, ¿qué le parese? Era un gran hombre. Siempre lo desía mi hija. Y *de letra sabía* una cosa grande. Fíjese que le dieron el premio Novell que sólo lo dan a las personas que saben mucha de letra y es uno de los más importantes de los de su clase. Bueno, idò,*** mi hija cuando servía en casa de Camus tenía un novio de color. Un argelino, por más señas, empleado de correos. Un buen partido, no se crea, honrado, trabajador, buen chico, al menos lo

---

*. Sufrimientos.
** Gamberro.
*** Pues.

paresía... El, peró, el día de la boda, con los invitados y todo, y el cura preparado, la iglesia llena de flores blancas, que era una presiosidad, con las luses bien ensendidas, él no se presentó. Na Coloma, ¡pobre chica!, no le podía dar pasada.* Me crea que quedó bien fotuda.** Nadie la podría sacar del esglai***, ni el médico. Figúrese qué desastre. Y yo que había gastado todos los ahorros en el viaje. Peró, con todo, París es París. Lo más grande del mundo... Me *arrecuerdo* muy bien de la torre Infiel, las Tronerías, los campos Alisos... Coloma resibió al cabo de unos días una carta de Pierr, que quiere desir Pedro, ¿sabe?, en que le desía que era casado en Argel, donde tenía a su mujer y siete hijos... Figúrese y le desía que se convirtiera en mora y que así podría convertirse también en su mujer porque la de Argel estaba de acuerdo en admitirla en la familia. Ya me contestará si esto no era una buena putada, con perdón. Y por si esto no nos bastara a mi otra hija, Paquita, le jugaron una pasada peor. Casada con un viudo que tenía tres hijos, el marido se le embarcó un día hasia *Montifideu,* dejándole lo tres Ilusifers**** como regalo. Paquita, que vale un mundo, no es por desirlo, los suró a los tres y no sé cómo se las ingenió para darles estudios. Cuando el mayor tenía ya veinte años su padre murió en Venensuela y le dejó a Paquita sien

---

* No podía creérselo.
** Jodida.
*** Susto.
**** Diablos.

mil duros. Paquita los quería repartir entre sus hijastros, pero éstos no quisieron coger ni un séntimo. Ahora son tres señores mis tres nietos bordos.* Y respetan a su madrastra que es un gusto, talmente como si fuera su madre. La pasean por aquí y por allá en coche. Se la llevan de viaje. La verdad sea dicha, no paresen hijos del viudo, son buenos, agradesidos y honrados. Dios quiera que encuentren tres chicas desentes, trabajadoras y de su casa y no como estas tarambanas de hoy en día que sólo piensan en divertirse... Y yo creo que una mujer cuando topa bien debe respetar a su marido... Claro que en nuestro caso nosotras no hemos tenido de suerte con los hombres.

CARMEN RIERA Nace en Mallorca en 1948. Licenciada en Filosofía y Letras se dedica a la enseñanza, aunque a veces practica el periodismo. Ha publicado «Te deix, amor, el mar com penyora», «Jo pos per testimoni les gavines», «La vida de Ramón Llull».
«Palabra de mujer» es una selección de cuentos traducidos al castellano donde muestra un universo de personajes que no han sabido, no han podido o no han querido ser asimilados al engranaje de la normalidad cotidiana.
«Marina para una ejecución» y «Descasadas» están seleccionadas de *Palabra de mujer* (Ed. LAIA, Barcelona, 1987) 4.ª edición.

* Falsos.

Un emigrante mas

Pilar Cibreiro

$\mathcal{F}$ue de los que regresaron con una vieja maleta de madera y dentro cuatro chucherías tropicales, sombrero de jipi japa con cinta blanca, la guayabera* puesta, unas cuantas postales del puerto de Santiago y, a veces, ni eso tan siquiera.

Fue de los que no pudieron hacerse ricos ni lograron cambiar de vida, es decir, uno de tantos, un emigrante más que reventó de calor en la

---

* *Guayabera:* camisa de tela ligera.

zafra* o en los ingenios**, que quizá trabajó de carbonero o que luchó con el ciclón en el golfo de México y después de unos años volvió a lo de siempre: destripar terrones y contar fanfarronadas que divertían a la concurrencia, pues Felisario les decía que allá en Cuba se cultivaban unas patatas tan grandes que se podían recoger en haces, como la hierba, y que los quesos alcanzaban el tamaño de ruedas de molino. Exageraba, naturalmente, pero el auditorio sonreía por lo bajo o se carcajeaba con descaro, ignorante del grandor y de la existencia del boniato, burlón y vengativo porque nada hay más penoso y lamentable que la vanidad de un emigrante fracasado.

Felisario sobrevivió y se irguió sobre todos los desaires desarrollando una mordacidad desenfadada y algo infantil que acompañaba de una risa gruesa y contenida de varón tosco y elemental. Sus bravuconadas promovían el desprecio, aunque algo había en él, un no sé qué de hombre que está en su sitio, que movía a un cierto respeto, y este algo —quizá una suerte de indiferencia hacia los acontecimientos y adversidades del destino, quizá una total falta de sensibilidad al considerar hechos que le afectaban en su propia sangre— impidió que se convirtiera en el pobre hombre que muchos hubieran deseado y hasta se llegó a temer su lengua sin freno, también sin maldad, pero sobre todo sin delicadeza.

---

* *Zafra:* Cosecha de la caña dulce.
** *Ingenios:* aparatos de moler a la caña y obtener azúcar.

Marchó a Cuba recién casado, lo que demuestra su falta de pasión o su inconsciencia. Se fue atraído por la promesa de una fortuna quimérica que depositaría a los pies de Hortensia, como una fanfarronada más o como un regalo. Lo creo enamorado de su mujer, la cual permaneció con los padres de Felisario en la casa donde éste había disfrutado de su primera mocedad y de su infancia. Lo creo también insensato, torpe y falto de ardor, cosa no del todo cierta, pues se pasó la vida persiguiendo hembras por los prados y los maizales, palpando pechos y traseros con sus manos enormes de labrador bien dotado. Aún viejo, su proximidad causaba temor e inquietud a las mujeres y de todos fue conocido su gusto por las mozas de fuerte constitución y su incontinencia.

El caso es que dejó a la novia al cuidado y al servicio de los de su casa. Volvió tal cual y se encontró con un hijo que no era hijo suyo, sino de su mujer y de su propio padre. Hortensia, Dios sabe por qué razones, le había traído al mundo un hermanastro.

No parece que lo acaecido durante su ausencia le perturbase de una manera visible; se sabe, eso sí, que estando todos alrededor del fuego y teniendo Hortensia al niño en brazos, intentó liquidar la criatura a patadas, pero el padre común puso orden, demostró su autoridad y no pasó nada.

Otros de su generación sucumbieron ante menores desengaños. Morgadelle no pudo resistir las dos idas y venidas al otro lado del mar y vivió enemistado con el mundo hasta que la muerte lo acogió en el seno de la ría. Antonio perdió la razón ante los encantos y el desamor de una mulata y así vivió, ido para siempre. No comprendo cómo Felisario continuó impasible; sin embargo, ni el inútil viaje ni la afrenta familiar lograron agriarle el humor o trastornar su carácter.

Abandonó la casa de sus padres y formó vida aparte. Tuvo otros hijos, estableciendo un intrincado parentesco según el cual el primero era al mismo tiempo hermano y tío de los restantes, y tuvo también nietos que eran sus verdaderos nietos y otros que lo eran de su padre.

Lo misterioso es que Hortensia, olvidado ese percance, fue una buena mujer y se comportó siempre de una manera ejemplar y honesta; no sabemos, no sabremos nunca qué oscura historia de amor o de terrible sumisión le llevó, a falta de marido, a los brazos del suegro, donde concibió la evidencia carnal de un pecado del que nadie la hizo culpable.

PILAR CBREIRO Nace en Vilaboa, El Ferrol, en 1952. Su primer libro «El cinturón traído de Cuba», son relatos poblados de personajes reales movidos por pasiones, pues piensa que la literatura no debe apartarse de la vida.
La memoria (como manera de ver) y el humor (como tono) tienen un papel destacado en su obra. Su lenguaje es directo y aparentemente sencillo.
«Un emigrante más», «Santalla, el escapado» y «Los novios», pertenecen a *El cinturón traído de Cuba*, Ed. Alfaguara, Madrid, 1987.

Santalla el escapado

Pilar Cibreiro

*S*antalla do Porto permanecía escondido en alguna parte de las enmarañadas fragas de Cerdido perfeccionando su destino y su vocación de zorro, y burlando a la Guardia Civil.

Astuto y veloz como los zorros, jamás se había delatado en ninguna de sus salidas furtivas y, como ellos, poseía una guarida oculta e inaccesible, cuyo solo pensamiento hacía enfermar de rabia e impotencia al sargento de Cedeira.

El sargento dio varias batidas por los montes

sin resultado, ni conocía el terreno ni tenía alma de zorro para luchar con Santalla de poder a poder. Decidió entonces desechar estos métodos y poner en práctica otros más crueles y más terribles, con los que arriesgaba menos y que además, también pensaba, darían mejores resultados. En tal clase de caza, y teniendo en cuenta el valor y la inteligencia de la pieza a cobrar, que era un verdadero desafío para el amor propio del sargento, las formas y el estilo carecían de importancia. Lo que contaba era apresar el pájaro como fuese.

De noche, cuando Santalla bajaba bordeando el río, hambriento, descifrando senderos en lo oscuro, tan sólo escoltado por los ojos del búho, el ansia de pan le hacía recordar y añorar otros tiempos de triunfo y euforia con la barriga llena de buen vino y de las mejores viandas, días de rapiña que culminaban en banquetes quizá soñados y esperados desde la infancia, días por los que ahora andaba huido y montaraz.

Descendía rápido, pero cauteloso, hacia los regadíos, las pequeñas fincas de hierba verde y tierna, primorosamente cuidada, en una de las cuales, la propia, la de la heredad insuficiente y repartida que disfrutaba con la madre viuda y con la hermana, ésta le dejaba oculto entre las hierbas, y asimismo envuelto en hierba, un pan de borona o de centeno, según los días, tocino y queso. Así sobrevivía, gracias al alimento que el valor y el amor de la hermana le proporcionaban, una mujer joven y menuda de ojos color canela, tras cuya dulzura escondía un temperamento indomable y que compartía con él una astucia y un orgullo sin límites, casi feroces.

Nunca lograron descubrirla. Nunca, a pesar de los culatazos que se le incrustaban en la carne tersa y blanca, sin piedad, hasta irse salpicando de sangre, lograron saber dónde estaba Santalla ni en qué forma, bajo qué secreta artimaña aportaba el alimento al hermano, el único hermano, el hombre más querido.

Cada dos o tres días bajaba él al lugar convenido y recogía su pan, luego regresaba río arriba, subiendo entre el tupido boscaje de zarzas y árboles que orillan el agua, para desviarse pronto hacia el monte de *toxos* y espinos —las impenetrables *bouzas* gallegas salpicadas de robles, pinos y castaños—, mordisqueando una corteza de pan y siempre en guardia hasta alcanzar su cobijo a la intemperie.

Allí se acomodaba solo, sin ni siquiera poder permitirse la calurosa amistad del fuego, vigilante y atento a la menor señal de peligro, sin otra compañía que la del frío y el viento, que la de la lluvia y su goteo pesado e interminable que sonaba como un canto de tristeza y nostalgia en los días grises, cubiertos de neblina.

Los negros cuervos que graznaban en lo alto eran sus amigos y el tejón que al ser atacado emitía unos gruñidos casi humanos y, sobre todo, los zorros que se cruzaban en su camino, veloces. Al poco tiempo, acostumbrados a su presencia, se detenían y lo miraban cara a cara como queriendo averiguar algo, tanteándolo, comprendiéndolo quizá.

Santalla se pasaba horas tumbado cara al cielo, observando el planeo de las rapaces y recordando. Recordaba aquella corta época de júbilo en la que al fin tuvo lo que quiso, lo siempre envidiado, lo que tienen los ricos: pan blanco y vino en abundancia, buena ropa si quería e incluso mujeres y dinero si lo hubiera apetecido.

Fue en los tiempos últimos y caóticos de la República, en aquella confusión de ideas de la que todos esperaban tanto, cuando Santalla junto con otros compañeros, dominados todos por una fiebre igualitaria y justiciera, provistos de armas, empezaron a asaltar las más ricas casas de labranza y pazos de la zona de Cedeira en pleno día, pues no se consideraban ladrones, sino más bien vengadores, impunes ajustadores de cuentas.

Era el asalto, el saqueo y luego la fiesta en el mismo sitio: pan de trigo, jamones y chorizos bien curados (ahumados con laurel), bacalao, empanadas de pescado fresco, cordero y cabritos asados allí, delante de los dueños; vinos traídos de Betanzos, mistela, orujo, y en más de una ocasión se hicieron acompañar de la música de algún gaitero vecino y no hubo baile porque las mozas, temerosas, recelaban del asunto.

«¡Qué tiempos, éramos los señores de la comarca! Después del segundo asalto nadie se resistió, parecían esperarnos para pagar su tributo. ¡Fuimos los dueños de Cerdido y del Porto, de San Román, de Montoxo, de Esteiro, de Pantín, de Cedeira...! ¡Qué farras!* No me arrepiento, volvería a hacerlo y después, cuando los otros se rajaron y fueron a entregarse, volvería a escaparme, ¡Que vengan a agarrarme aquí si tienen cojones!»

Al oír estas palabras, que Santalla pronunció incorporándose, como un reto, un arrendajo que picoteaba entre los arbustos levantó el vuelo graznando y fue a posarse en un roble más lejano. Inmediatamente fue contestado por otros arrendajos también próximos formándose un áspero concierto de sonidos que Santalla disolvió a pedradas.

Era una tarde templada con sol de otoño. Santalla llevaba varios meses fugado y escondido.

Cuando la Pareja aparecía por los caminos del Porto, los labradores se encaminaban en silencio hacia sus casas y cerraban las puertas. Permanecían dentro, con los dientes apretados, esperando.

Desde ese momento el tiempo empezaba a transcurrir lentamente, doloroso, y sus intervalos se medían por los gritos y los golpes —de cinturón o de culata, patadas, agresiones indescifrables que había que imaginar, sospechar sin certeza—, se contaban también por los gritos. Por los gritos,

---

* *Farras:* juergas, jaranas.

según su intensidad, su fuerza o su tono, diferenciaban a la madre de la hija y adivinaban la envergadura del tormento.

Era la hora terrible, condenada por todos, de las lamentaciones. Las mujeres lloraban e invocaban al cielo y a las ánimas.

—¡Dios nos libre! ¡Dios nos libre de tanta desgracia! —murmuraban.

Y todos, entre dientes, maldecían a Santalla quien, por no entregarse, destinaba a su madre y a su hermana a un suplicio que ningún vivo del lugar había conocido jamás ni, que se supiese, ningún difunto.

Las dos mujeres, por no delatarle, y a causa de la continua tortura, iban entrando poco a poco y de una manera espantosa en el reino de la muerte.

Los labradores vivieron durante ese tiempo pendientes de las visitas de la Pareja y acobardados hasta que un día los ayes de la viuda empezaron a languidecer y perder fuerza, convirtiéndose en estertores inaudibles y luego en silencio para dar paso a algo que ya no era un grito, sino alarido, tremendo aullido de hembra que pareció sepultarlos para siempre en el terror y en el infierno. La madre de Santalla había muerto.

Sin embargo, él no aparecía ni se entregaba y nadie sabía aún dónde se ocultaba, qué comía, quién le ayudaba ni tampoco, en el caso de que fuera la hermana, cómo lo hacía.

Con el entierro de la viuda cesaron las visitas de los guardias, que ya parecieron darse por satisfechos con los anteriores escarmientos o quizá desistieron, incapaces de vencer la heroica resistencia de las dos mujeres.

La hermana convalecía a causa de las heridas, sin medicinas, pobre, con el cuerpo destrozado, tanto que no podía moverse. Una mañana, poco después de la desgracia de su madre, la encontraron cadáver.

Nunca se le perdonarían a Santalla estas muertes. Reclutaron mozos de las parroquias vecinas para salir al monte a buscarlo, los guardias habían agotado de manera trágica el resto de las posibilidades.

Mi abuelo fue uno de los llamados. El me contó cómo durante días rastrearon las *bouzas* y apretaron el cerco, temblando de miedo, pues Santalla se había convertido en un personaje mítico, terrible, aureolado de leyenda. Me dijo también cómo lo encontraron, sentado delante de un chamizo de ramas y de palos, esperándolos, famélico y ojeroso, con las barbas crecidas y revueltas. A su lado, en el suelo, conservaba una granada de mano y una pistola que no intentó usar, harto ya de andar escapado y falto de ayuda.

Yo aún recuerdo cuando de niña le veía pasear

su figura menuda y delgada, de tipo distinto, por la carretera de Vilaboa, camino de «La Maravilla».

Pasaba vestido siempre con una chaqueta azul clara de dril limpio y desgastado, los pantalones también claros y zapatos, para más acentuar la distinción. En la mano, mano de dedos amarillos por la nicotina con largas uñas sucias de tabaco, mano ociosa de hombre amado y alimentado por sus mujeres, sostenía una colilla de picadura que él mismo se liaba con hábil parsimonia mientras conversaba con mi padre.

Trataba entonces de imaginarme a las dos mujeres que no conocí, artífices de la vida y la libertad de aquel hombre, protagonistas de rostro desconocido, perdido en el tiempo, en el silencio de la muerte y en la niebla.

© Pilar Cibreiro

Pilar Cbreiro Nace en Vilaboa, El Ferrol, en 1952. Su primer libro «El cinturón traído de Cuba», son relatos poblados de personajes reales movidos por pasiones, pues piensa que la literatura no debe apartarse de la vida.
La memoria (como manera de ver) y el humor (como tono) tienen un papel destacado en su obra. Su lenguaje es directo y aparentemente sencillo.
«Un emigrante más», «Santalla, el escapado» y «Los novios», pertenecen a El cinturón traído de Cuba, Ed. Alfaguara, Madrid, 1987.

LOS NOVIOS

Pilar Cibreiro

$\mathcal{E}$n él, según se dijo, habitaba un demonio que le hacía andar por los tejados y no querer ver el mundo sino desde arriba. Ante cualquier reprimenda o mientras los otros niños jugaban y se apedreaban por las eras y los senderos, Amador se encaramaba al cerezo que crecía junto a las paredes del fayado y, desde allí, saltaba al alero con una facilidad realmente endiablada; luego permanecía refugiado sobre la musgosa techumbre y la recorría con paso leve y como sin peso, pues no se recuerda que sus andanzas por lo alto causasen el menor estropicio en esa parte de la casa.

Después de un exorcismo y de otros remedios contra *o meigallo,* se le fue olvidando esta afición por los tejados y las cúspides, afición que parecía avisar de lo peculiar de su carácter y de la singularidad que iba a presidir su vida.

Para empezar diré que se enamoró a muy temprana edad, acababa de cumplir los diez años, los mismos que el Dante contaba cuando vio por primera vez a Beatriz. No se había curado de su mal completamente y seguía manifestando una especial preferencia por el acomodo en las ramas de los árboles.

Desde uno de ellos, un roble añoso con una copa de gran empaque, vio cómo su prima María le tiraba un beso leve, y con la punta de los dedos, a un chaval de la vecindad, tan bruto y terco que lo apodaron Mil Homes. En ese instante lo invadió tal ataque de celos, el vértigo del amor se apoderó de él con tal intensidad que se restableció de inmediato de su manía ascendente y trepadora. Bajó al suelo y acometió a su rival con tanta furia que parecía que lo empujaban los verdaderos demonios; la fuerza de mil hombres no habría bastado para detenerlo, pero María retrocedió, comprendió quizá con su intuición de niña precoz el milagro que acababa de desencadenar y acercándose a Amador lo tomó de la mano, lo llevó aparte, junto al tronco del roble, y con mucha gracia y donaire le acarició la mejilla con las yemas de sus dedos pequeños, manchados de barro. Después se alejó sonriendo con picardía infantil, lo volvió a mirar desde lejos y empezó a correr y a danzar por un camino bordeado de maizales. El se apoyó en la corteza rugosa y dura, desfallecido, con el corazón a punto de desbocársele en su pecho de niño, enfermo de amor para siempre.

Era mediodía y julio. El sol reverberaba en los campos de maíz, en el aire; el silencio era espeso y mareante, atravesado por el zumbido de las moscas; un abejorro revoloteó alrededor de Amador, libando el néctar de los digitales*.

Ese mismo verano los encontraron desnudos en la fuente, se habían despojado de sus ropas y las olían embelesados. Desde entonces Amador y Marían iban juntos a todas partes: a la escuela, a apacentar el ganado, a recoger patatas; eran novios y no se les conocía otro deseo que el de ser mayores y casarse.

María se convirtió con el tiempo en una muchacha alta y esbelta, de mirada profunda y preciosos bucles negros; Amador en un joven robusto, bien parecido, formal y cumplidor, un galán codiciado secretamente por todas aquellas que pretendían marido.

La boda parecía inminente; sin embargo, él dio en cavilar que María no era mujer para trajinar con el estiércol y las vacas, acarreando haces de hierba

---

Digitales: Planta con flores en forma de dedal.

y criando cerdos. Tenía la certeza de que él podía cambiar el designio de pobreza y miseria en bien de los dos, era un hombre tenaz, dotado de aplomo y entusiasmo.

Expuso a la familia la decisión de no celebrar la boda antes de que hubiera conseguido ahorrar algún dinero y ofrecer a su novia un porvenir más digno. Prometió también que el acontecimiento no iba a retrasarse más de dos años y se marchó a Buenos Aires. Es inútil añadir que María compartía y aprobaba tales proyectos.

Amador cruzó el océano y se instaló junto al estuario del Plata. Allí trabajó, ignoro en qué ni en dónde, con esa dedicación absoluta y esa ceguera que es propia y exclusiva de los emigrantes gallegos. Supongo que se dedicó a ello con el mismo fervor que de niño lo inducía a escalar los árboles y deambular por el tejado.

Antes de cumplir el plazo señalado ya había logrado sus primeros objetivos: podía alquilar un piso en la ciudad porteña, reclamar a María y celebrar al fin la boda tanto tiempo esperada, todo ello con la seguridad de que seguirían progresando.

El mismo se dispuso a cambiar su aspecto y adecuarlo a la nueva situación, al cambio de vida. Las fotos enviadas durante esa época muestran un hombre de atuendo y ademanes ciudadanos, adaptado al gran Buenos Aires, y no evocan apenas al campesino llegado de un rincón aldeano y perdido al otro lado del mar.

A su carta de reclamación, optimista y apremiante, le contestaron con otra en la que pudo leer una noticia inesperada: « María se casa con otro, muy pronto».

Sacó el pasaje en el primer barco que salía para La Coruña y atravesó el Atlántico. Era la segunda vez que lo hacía en menos de dos años, pero ahora viajaba poseído por muy distintos temores y zozobras, perplejo y sumido en la incertidumbre.

Cuando por fin llegó al camino real de la Vispeira, una mañana húmeda y desapacible del mes de abril, era ya demasiado tarde. Los novios salían de la iglesia y no creo que él pudiera reconocerlos desde lejos, alguien encontrado en el camino le debió comunicar que el casamiento acababa de celebrarse. No entró siquiera en su casa natal; con el corazón encogido y los ojos llenos de lágrimas volvió sobre sus pasos y no regresó nunca.

Vive aún en Buenos Aires, soltero. Las mujeres que lo conocieron se estremecen de nostalgia si lo nombro, miran a lo lejos con melancolía, fascinadas por su determinada pasión de enamorado.

María es hoy una mujer consumida y enlutada, su cuerpo no recuerda en nada al de la novia que fue algún día y sufre el deterioro de los sucesivos partos, los disgustos y el bregar continuo entre la casa y las vacas. Nadie se ha atrevido a arrancarle su secreto, nadie sabe la causa exacta de un cambio de decisión tan sorpendente y repentino. Puede que no haya ningún secreto, ningún misterio en el cambio, puede que sólo el amor —el amor estúpido y brutal, el amor tirano y mendigo— fuera la causa.

Su marido, un hombre de una apostura y una belleza poco comunes, blasfema, se emborracha y la maltrata.

PILAR CBREIRO Nace en Vilaboa, El Ferrol, en 1952. Su primer libro «El cinturón traído de Cuba», son relatos poblados de personajes reales movidos por pasiones, pues piensa que la literatura no debe apartarse de la vida.
La memoria (como manera de ver) y el humor (como tono) tienen un papel destacado en su obra. Su lenguaje es directo y aparentemente sencillo.
«Un emigrante más», «Santalla, el escapado» y «Los novios», pertenecen a *El cinturón traído de Cuba*, Ed. Alfaguara, Madrid, 1987.

·Indice